OUTRA VIDA

RODRIGO LACERDA

Outra vida

Copyright © 2009 by Rodrigo Lacerda

Grafia atualizada segundo o Acordo Ortográfico da Língua Portuguesa de 1990, que entrou em vigor no Brasil em 2009.

O autor agradece à Fundação Art Omi, na pessoa de seu diretor, D. W. Gibson, pela temporada como escritor convidado na Ledig House (NY), entre setembro e outubro de 2007.

Capa
Raul Loureiro

Foto de capa
Cristiano Mascaro

Revisão
Carmen T. S. Costa
Ana Maria Barbosa

Os personagens e as situações desta obra são reais apenas no universo da ficção; não se referem a pessoas e fatos concretos, e não emitem opinião sobre eles.

Dados Internacionais de Catalogação na Publicação (CIP)
(Câmara Brasileira do Livro, SP, Brasil)

Lacerda, Rodrigo
     Outra vida / Rodrigo Lacerda. — 1ª ed. — São Paulo :
Companhia das Letras, 2018.

    ISBN: 978-85-359-2653-8

    1. Ficção brasileira I. Título.

17-10863   CDD-869.3

Índice para catálogo sistemático:
1. Ficção : Literatura brasileira 869.3

[2018]
Todos os direitos desta edição reservados à
EDITORA SCHWARCZ S.A.
Rua Bandeira Paulista, 702, cj. 32
04532-002 — São Paulo — SP
Telefone: (11) 3707-3500
www.companhiadasletras.com.br
www.blogdacompanhia.com.br
facebook.com/companhiadasletras
instagram.com/companhiadasletras
twitter.com/cialetras

OUTRA VIDA

7:15

Mesmo sentado num daqueles bancos altos de lanchonete, com a barriga colada no balcão, o marido, de quase dois metros, tem as pernas semidobradas e os pés bem plantados no chão. Além do tamanho acima da média, após seis anos de casado, está mais corpulento do que sempre foi. Tem braços mais pesados, um pescoço mais grosso e seu olhar ganhou maior lentidão.

Enquanto mastiga, suas têmporas afundam, estufam, e nós saltam nos encaixes do maxilar. Está na segunda lata de refrigerante, com o fôlego natural em dois canudos. Antes de cada mordida no x-tudo que pediu, ele enfia a bisnaga vermelha por entre as camadas de pão-alface-tomate-maionese-ovo-bacon-bife-tomate-alface-pão, e aperta-a com vontade, sem tocar na outra bisnaga, amarela, a sua frente no balcão. Ao cravar os dentes no pão, faz o molho brotar do recheio, devolvido, amolecendo o guardanapo de papel e caindo no prato em gotas consistentes.

A esposa, embora ainda jovem, possui a beleza diferente da mulher que amadurece muito cedo. Com a bolsa junto ao corpo, o tórax espigado, firme sob o tecido da blusa, ela espera a família terminar o café da manhã. Jamais comeria ali. Pediu apenas um café bem preto, que adoçou artificialmente, numa dose arbitrária e preestabelecida. Só que nem o café está bebendo. Viu xícaras, pires e colherinhas sendo escaldados na água, brotando do vapor diante de seus olhos, mas para ela nada torna as condições sanitárias do lugar menos suspeitas. Faz então a pequena xícara branca evoluir em seus dedos compridos, só para ocupar as mãos.

A filha, uma garotinha de cinco anos, belisca sem vontade o pão de queijo que lhe compraram, e já recusou um chocolate quente — amargo ela não gosta, e amargo é qualquer chocolate diferente do que ela tem todo dia, sem o "gosto de festa" ou o "sabor que alimenta" aos quais a propaganda convenceu-a de que está acostumada. A menina sente sono; as pálpebras pesam, olheiras tingem a pele mais branca nas primeiras horas do dia, o cabelo fino e amarelo cai no seu rosto, grudando na boca.

São uma jovem família de três, agasalhados diante do balcão da lanchonete. Para quem os vê, todos de costas, um ao lado do outro e postos à prova pela altura dos bancos, compõem uma escadinha íngreme, que termina com a criança.

As malas fazem hora no chão. A luz da manhã ainda é vaga, e quase tudo está imóvel nos espaços gerais da rodoviária. Nas plataformas de embarque, do outro lado das grades, poucos passageiros vão e vêm num trânsito de sonho; os funcionários das empresas de ônibus e os carregadores de bagagem trabalham em silêncio.

O caminhão com tudo o que a família tem saiu na véspera. Só os armários da cozinha ficaram — pertenciam ao dono do apartamento —, mas sem nenhum prato, garfo, copo ou faca nas gavetas. O carro foi vendido. Agora eles partem atrás da mudança, que já havia chegado à cidade para onde vão, a mesma de onde tinham vindo anos antes. Dormiram a última noite bebendo água mineral na garrafa de plástico, em colchonetes descartáveis e quartos vazios. O despertador tocou ainda no escuro. A mulher, enérgica, expulsou-os do apartamento muito antes do necessário, dizendo que não aguentaria nem mais um minuto aquele "cativeiro de sequestro". Ao baterem a porta pela última vez, as marcas da rotina doméstica nas paredes, no carpete da sala, normalmente escondidas pelos quadros e pelos móveis, apareceram numa incômoda perplexidade.

O marido continua mastigando devagar e com força. A imagem de suas mãos na grossa pilha mordida e sanguinolenta tem mesmo algo de chocante; o jeito como agarram a massa de ingredientes primeiro, só depois empurrando-a para a boca aberta. Então o molho escorre por chumaços de pão e bife, fazendo as pontas gordurosas de seus dedos perceberem o fim dos guardanapos. "Amigo!", ele chama alto, quase grita, apontando o porta-guardanapos vazio. A mulher afeta um pequeno susto e o encara, torcendo a boca, num gesto que ele não entende. O balconista, um rapaz magricelo, executa eficientemente o seu papel: o novo porta-guardanapos chega abarrotado.

"Obri…", o marido começa a dizer, mas se corta no meio, fecha a boca e termina de mastigar. Entendeu agora a reação da mulher.

Por um instante, a culpa o distrai e o molho pinga na sua camisa. O marido olha, a mulher também. O pano xadrez, fora da calça jeans, acusa a gota vermelha, a consistência enjoativa. Ele bota o resto do sanduíche no prato, com a delicadeza rude que a esposa conhece tão bem. Meio sem jeito, puxa um guardanapo e lentamente o esfrega na roupa. A mancha se alastra, embora a força do vermelho diminua. A mulher olha para outro lado; não há mais o que fazer. Ele também deixa pra lá.

"São seus muitos pecados…" — o marido lembra, meio sério e com o pensamento quebrado, do jeito que fala — "… perdoados, porque muito amou."

Não tem mais fome. Olha as horas: 7:25. A grossa pulseira metálica e o mostrador do relógio ficam menores no seu braço largo. O gás do refrigerante sobe, chamando atenção, ainda que ele tape a boca na hora. A mulher se incomoda outra vez. O corpo do marido está em todo lugar.

Por sorte, a filha os distrai; ela para de roer o pão de queijo e empurra o prato. Quando ameaça fazer o balcão de travesseiro, a mãe intervém: "É sujo, filha". A menina tenta apoiar o rosto em seu ombro, porém a mãe, justo ao terminar a frase, decide que não aguenta mais ficar parada, esperando pelo pior.

"Já volto", ela anuncia, enquanto empurra a filha com gentileza, novamente sentando-a no banco da lanchonete. Então olha para o marido, que devolve o olhar. De bolsa no ombro, a mulher sai sem maiores explicações.

A menina passa para o banco do meio e, literalmente caindo de sono, encosta a cabeça no ombro do pai. Mas não fica bom ainda, passa inteira para o colo dele, que a recebe. O tamanho de seu tronco e de seus braços torna a filha de novo invisível dentro de um corpo.

"Fecha os olhinhos."

"A mamãe não vai achar ruim?"

"Dá tempo."

A menina se convence, mas, antes, desce do colo do pai e vai atrás da boneca guardada na mala. Ele saboreia sua compenetração ingênua, ao vê-la executando uma sequência de gestos em miniatura, com o arzinho grave das bochechas e dos olhos, do sapato de verniz, do vestido e do casaco de tricô, e o jeito gracioso dos dedos roliços no zíper da mochila, da boca se torcendo na hora de puxá-lo, da ponta da língua aparecendo, dos cabelos finos e amarelos novamente caindo no seu rosto. Já de boneca em punho, ela volta para o colo do pai e fecha os olhos. Agora sim vai dormir.

Ele, abraçando o peso querido e morno, ergue o olhar atraído por alguma coisa que não sabe o que é. Encontra a televisão no alto da parede, o canto escuro iluminado por um tubo de imagem, mostrando cenas de uma guerra muito distante.

Além de sanduíches abrutalhados e refrigerantes, pães de queijo e chocolates quentes, bancos para sentar e esperar, bisnagas vermelhas e amarelas, porta-guardanapos, cafés, xícaras, águas e vapores escaldantes, o outro serviço da lanchonete está nos resumos de jatos invisíveis, porta-aviões e radares, de mísseis inteligentes, bombas, satélites e armamentos; está na tecnologia das baixas, na projeção de mapas nítidos demais num globo totalmente ilustrativo, nas declarações políticas, citações de analistas, falas de diplomatas, fontes não identificadas, contraditórias, evidentemente manipuladoras; e tudo isso ancorado numa voz sem dono, ou de um dono sem caráter, que ao mesmo tempo condena e explora o belicismo das notícias.

Surgem flagrantes de um país arrasado; colinas e escombros imóveis, imersos na poeira, em tons de cinza e marrom. Apenas rostos cheios de terra, turbantes e corpos manchados de sangue vibram ao redor de caminhões da ONU, da Cruz Vermelha e de veículos da imprensa internacional; dentro dos quais, além de soldados e médicos, a doença e a cura de mãos dadas, jornalistas têm a chance única de futuras grandes carreiras, e por essa chance arriscam suas vidas e se esmeram no registro dos genocídios. Alguns deles, no correr do conflito, terminarão emboscados pelas guerrilhas; então suas execuções sumárias num ponto do planeta, o sofrimento de suas famílias em outro, serão filmados pelos colegas, transmitidos mundo afora, e todos diante da TV irão se comover.

Acabada essa matéria — "Chega de guerra...", o homem implora mentalmente —, vem outra, sobre as atividades do Congresso na última semana. Impasses parlamentares provocaram o atraso das votações e as medidas provisórias trancam a pauta nacional. O presidente reeleito tem declarações a fazer, e as faz. Aí vêm cientistas de todos os cantos da Terra, confirmando para daqui a pouco o apocalipse movido a gás carbônico. Estranhamente, não fazem o mea-culpa; afinal, inventaram o modelo civilizatório que agora responsabilizam pelo fim do mundo. A seguir o telejornal mostra o pai e a mãe favelados — ele alcoólatra, ela faxineira, ambos evangélicos — que acabaram de reconhecer o cadáver do filho traficante, executado por policiais. Essa tragédia emenda com o resultado do futebol, após o qual o marido vê a mulher chegando de volta.

Enquanto ela se aproxima, vem falando no celular. Está perfeitamente acostumada ao mundo privatizado das telecomunicações. "Gosta de um telefone", ele pensa, regozijando-se com a sensação de conhecer os menores hábitos da esposa. Ainda a meia distância, antes que possa ouvir o teor da conversa, a ligação é encerrada. A mulher vem do banheiro, que insiste em chamar de toalete, e para onde só admite ter ido porque o marido faz questão de ser explícito.

Em silêncio, ainda de pé, ela deixa o olhar vagando pela rodoviária e tamborila os dedos no balcão. O marido confunde sua agitação com ansiedade pela hora do embarque. Como ainda falta muito, pede-lhe que tenha calma. A mulher não responde, apenas interrompe o gesto aflito. Em seguida, enche os pulmões de ar, para depois soltá-lo lentamente, procurando diminuir a rotação de seu nervosismo.

Ela avista, numa cadeira distante da lanchonete, defronte a uma das plataformas de embarque, outra mulher e seu bebê no colo. Os dois são mulatos escuros, e a humildade de suas roupas e de seus pertences, amontoados no chão da rodoviária, evidenciam a distância social que a separa deles. Ela vê quando a mãe abre a blusa, começando a amamentar o bebê. Eles se amam com tanta placidez, enquanto balançam seus corpos, que deixam aquela mãe mais branca e mais rica sentindo uma ponta de inveja, uma ponta de culpa, lembrando como foram os primeiros meses após o nascimento de sua filha.

Quando focaliza novamente a cena, o bebê já mama de olhos fechados, satisfeito. Só não larga o peito da mãe pelo prazer de tocá-la e de ir caindo no sono devagarinho, até apagar. Seu movimento em direção ao peito que o alimenta já não é uma esperança oca, uma alucinação de puro medo e vontade, como seria a de um recém-nascido. O bebê já reconhece o toque pacificador, está seguro da presença de sua fonte vital. Cada contato daquelas mãozinhas com o peito cheio, ou entre a boca e o mamilo, a língua e o leite, é garantia de vida fornecida pela repetição cotidiana. Ao tocar a mãe, ele encontra bem mais do que um simples fato sensorial, encontra a memória da segurança. Ainda muito pequeno, o bebê só não pode imaginar que tal fonte de vida não faça parte do seu próprio corpo. Como todos os bebês, deseja aperfeiçoar a espécie humana, fundindo-se ao corpo do qual nasceu, e, com isso, adquirir o dom da autoalimentação.

A mulher, enquanto observa a cena, lamenta que a ruptura ocorrida entre ela e a filha após o parto não tenha sido revertida, ou até anulada, pelo contato direto dos corpos. Aquele bebê e aquela mãe, tão humildes em tudo o mais, reconstituíram o espaço ideal, onde dois são apenas um — o seio discretamente posto para fora, por entre os botões da camisa, a boca aberta, sugando o bico pequeno, cor de caramelo escuro, as mãos minúsculas sobre a carne macia, as peles aquecendo-se mutuamente, a voz materna, a única que o filho reconhece, sussurrando coisas doces, a vida líquida nascendo dentro dela e indo para a pequena boca faminta, descendo pela garganta e pesando satisfeita na barriga, o sopro morno nos fios ainda ralos de cabelo do bebê, num carinho íntimo, a mão alisando delicadamente sua testa, com um paninho de renda na ponta dos dedos, e assim transportando-o a um êxtase particular.

O mesmo movimento contínuo de aproximação e afastamento entre seio e boca, calor e frio, proteção e desamparo, e o tato, o sentido mais concreto, mais que a visão, o olfato e a audição, deveriam ter produzido, entre os corpos da mulher que observa e sua filha, uma separação pacífica e gradativa, permitindo que a menina se entendesse como um ser à parte sem maiores traumas. Cada desenvolvimento deveria ter significado uma aquisição, e não uma imposição das circunstâncias. Seu pequeno corpo deveria ter se constituído aos poucos, e não do jeito que foi, abrupto, violento para ambas.

A mulher, subitamente, do seu lugar junto ao balcão da lanchonete, revolta-se contra aquela cena. Não precisa se martirizar com mais aquilo. Já está ali contra a vontade, com uma ameaça sobre sua cabeça que, além da viagem feita a contragosto, deixa-a naquele estado de tensão permanente. Ela respira fundo outra vez, procurando se concentrar nos problemas de hoje, esquecendo os de ontem.

Pendurado no alto da rodoviária, sobre ela, a filha e o marido, um relógio de quatro faces marca 7:45.

O parto

Uma enfermeira apontou a pilha de roupas verdes — com direito a avental, touca e máscara cirúrgica —, disse "Veste aqui. Vão te chamar", e saiu, deixando o homem sozinho. Ele obedeceu, claro, mesmo sabendo, alto e grande como era, que as roupas não lhe cairiam nada bem. De fato, ao desconforto com o lugar somou-se o estranhamento com sua aparência.

Estava num cubículo restrito, ao qual só tinham acesso os envolvidos em cada cirurgia. Sozinho, com a porta fechada, não precisava falar com ninguém, nem interagir, estavam suspensas as interferências. Era ele, concentrado, e sua sorte. Imaginou-se como a filha naquele instante, num isolamento de casulo, sem comunicação com o mundo; uma energia latente dentro da casca, agindo em movimentos profundos, absolutamente graduais.

Mas os olhos de sua mãe e o juízo dos sogros, numa sala de espera contígua, alcançavam-no por um pequeno visor. Naquele momento, a mãe era a única que se esforçava para estabelecer contato direto. Nada do que dizia poderia vencer as barreiras sonoras entre os dois ambientes, e com gestos o homem procurava fazê-la entender que não, mas a boca da mãe continuava se mexendo.

"Tudo começou dentro dela?", ele pensou de repente, estranhando o fato de ter sido gerado numa barriga, a não lembrança científica que sua atual envergadura tornava ainda mais insólita. A mãe também era outra, muito distante da antiga figura, das fotos do tempo em que estava grávida, e de antes. O envelhecimento das mulheres lhe pareceu mais triste, e ele sentiu saudades da mãe quando tinha o corpo alongado, o rosto jovem, cheio de brilho e ingenuidade.

A imagem do pai, com o qual ele próprio era tão parecido, veio-lhe a seguir. Era engraçado, chegava a ser espantoso, em dois homens o mesmo exagero de corpo. Sem falar das semelhanças mais comuns entre pais e filhos: ambos tinham cabelos pretos, dedos grossos, queixos quadrados, barbas cerradas, precisando ser feitas todo dia, olhos muito pretos e poucas rugas, afora duas linhas bem definidas na testa. E sem falar também das marcas de temperamento: tanto pai como filho eram calados, introspectivos, pouco risonhos.

Mais engraçado e espantoso, porém, era ver físico e gênio tão perfeitamente refletidos em biografias tão díspares. Muito difícil para o filho imaginar a vida como o pai. Seria preciso esquecer o curso profissionalizante, abstrair sua aptidão mental imprevista, alimentada por circuitos complexos, para aguentar o corte diário da carne, o cheiro dela resfriada, atrás das vitrines de um açougue. Se o pai, na batalha do comércio, conquistara outra vida para o filho, no ramo da engenharia elétrica, este, sem saber muito bem o que fazia, sonhara ainda mais alto, engravidando e casando com uma aperfeiçoadora contínua de tudo que a interessava. Um produzira sua força a partir do sacrifício; o outro encontrara-a numa mulher, a mais diferente dele próprio. Era como se fosse a mesma pessoa duplicada no tempo, experimentando trajetórias quase opostas, ou realmente opostas, da profissão ao amor.

Seu pai não estava lá para o parto da neta. Isso nada tinha a ver com o complexo de inferioridade que sentia em relação aos sogros do filho, e muito menos com a resistência dele e da mãe à noiva, ao casamento e às circunstâncias que o haviam apressado. Aliás, àquela altura dos acontecimentos, já negavam tal resistência. "Só imaginávamos outra coisa para você", diziam. O que impediu seu pai de estar lá foi mesmo a escravizante caixa registradora.

A mãe, do outro lado do vidro, mexeu a boca outra vez, incentivando-o sem um único som, e dessa vez ele entendeu tudo o que estava querendo dizer.

Os sogros, sentados ao fundo, conheciam maneiras mais reservadas. Olhavam o genro com distanciamento. A formalidade e o selo da hierarquia social estreitavam-lhes a compreensão das pessoas. Não aceitavam o fato de que só quando um homem e uma mulher não se enxergam é que realmente podem se amar. Aquele casal, mais nobre e mais severo que seus pais, da mesma religião porém menos praticante, valorizava o orgulho e a dignidade, e não o amor e o perdão, como as duas virtudes essenciais.

Por isso o genro achou compreensível que os sogros não ficassem, como sua mãe, tentando se comunicar através do vidro à prova de som. Desse lado, olhando-os atarantado, sozinho, estava o jovem e desproporcional recém-marido da filha, pai de uma neta concebida antes da hora, vestido com roupas verdes, apertadas e curtas, de máscara cirúrgica na cara sem ser médico, de touca na cabeça, ridiculamente posto numa vitrine fechada.

O homem sentou e, para passar o tempo, roeu as unhas. A mulher o esperava lá dentro, mais fundo nos corredores de portas grossas, atrás de janelas com vedação perfeita. Anestesiada, talvez, sob os cuidados médicos apropriados para a cesariana.

Quando viriam chamá-lo? Quando o tirariam da expectativa e o levariam até ela?

Olhando para os sapatos, reparou que um estava sujo, pois chovia lá fora e ele pisara na grama ao amparar a mulher na saída do carro, fazendo a terra mole agarrar na sola. As enfermeiras não iriam pedir que o limpasse? E os germes? Lembrou-se de uma história famosa na sua cidade, de um casal — ele professor de música, ela, de artes — que, para escândalo de todos, teimou em negar sua condição e resolveu ter o filho num parto de cócoras, em casa, feito os índios que nunca haviam sido. O professor cortou pessoalmente o cordão umbilical, usando uma tesoura esterilizada por ele próprio. Horas de muita felicidade, até o bebê morrer no hospital, dias depois, de septicemia, tendo a infecção começado na região do umbigo... E então?, as enfermeiras não iriam pedir que tirasse aquele sapato sujo? Deveria entrar de meias? Não teriam chinelos especiais?

Ele balançou a cabeça, pequena em relação ao corpo, afastando os maus pensamentos. Fez o sinal da cruz — "Pai-Filho-Espírito Santo" —, a única forma que lhe ocorreu de neutralizar a lembrança do bebê assassinado.

Do outro lado do vidro à prova de som, a mãe e os sogros perceberam que algo de ruim lhe havia ocorrido. Ele disfarçou, voltando o olhar até uma prateleira próxima, cheia de vestimentas e apetrechos cirúrgicos. Encontrou um par de pantufas elásticas, que se oferecia em resposta às suas preocupações, e um pacote de gaze. Com a gaze enxugou a sola molhada — a mãe e os sogros assistindo —, para depois cobrir os sapatos com as pantufas. Estas, em seus dois pés imensos, ficaram esticadas a ponto de arrebentar, mas pelo menos estava garantida a assepsia para o novo bebê. A antiga história trágica se dissipou definitivamente.

"O que você está fazendo aí?", outra enfermeira chegou perguntando.

Atordoado, o homem não conseguiu responder.

"Já começou", ela disse.

Ele começou a gaguejar e pensou: "Que espécie de pai...?".
Não o haviam chamado, fora esquecido, mas sentiu-se responsável por isso. A enfermeira guiou-o então pelos corredores, de má vontade, enquanto ele derrapava com as pantufas no assoalho brilhante.

Quando entrou na sala de cirurgia, a barriga da mulher já estava aberta. Seu medo não conteve o impulso do olhar. O homem viu um buraco escuro entre as camadas de tecido e carne encharcadas de sangue. Ficou assustado com os dois ganchos que a mordiam, abrindo o corte pubiano e repuxando até o abdome. Arrepiou-o imaginar o toque da pele como estava, meio amarelada, rendida à violência calculada dos ganchos. Foi uma surpresa entender que a lógica da operação obrigava o bebê a lutar contra o corpo da mãe, incapaz de expeli-lo naturalmente.

O médico, muito concentrado, tendo cada mínimo movimento das mãos seguido por toda a equipe, nem levantou a cabeça quando a enfermeira entrou guiando o pai retardatário. O anestesista, postado junto aos aparelhos atrás da parturiente, num primeiro momento olhou intrigado para aquele homem tão alto, mas logo entendeu de quem se tratava.

A mulher, ao vê-lo entrar, fez um gesto para que se aproximasse. Hesitante, pensando "Como pode ela não sentir os ganchos?", o marido começou a contornar a equipe em volta da mesa de cirurgia. "Não!, não!", exclamou o médico, que barrou sua passagem com o braço, de bisturi na mão; queria espaço para trabalhar e ficou implícito que achava aquele homem grande demais.

O pai da criança, vagaroso, acostumado a ceder sua vez aos outros, a não brigar por medo de que o acusassem de covarde, deu meia-volta em silêncio, indo para junto dos pés da mulher e da bacia entre suas pernas. Dali via de frente o corpo aberto, o buraco escuro, pródigo e assustador, as luvas de plástico do médico sujas de sangue, entrando e saindo lá de dentro, a ação fria dos instrumentos, o sorriso macabro da pele repuxada. Num segundo plano estava o rosto da mãe de sua filha. Pela troca de olhares, ela o interrogou, nervosa, pedindo que tudo acabasse rápido.

Com o marido a sua frente, em milésimos de segundos a mulher foi atravessada pela cadeia de acontecimentos que a fizera chegar até aquela sala de cirurgia. Quando poderia imaginar que justamente alguém tão simples e pacato a pegaria desprevenida, enredando seu temperamento inquieto, amarrando-a da forma como ele amarrou?

Desde o início ela havia se assustado com a atração que sentira por um homem em tudo muito diferente dos outros por quem já se apaixonara. No entanto, enquanto os demais, perto dele, pareciam meninos, aquele amigo pobre de um amigo era, indiscutivelmente, homem-feito. Também por ser alguns anos mais velho, mas não só por isso. Seus outros namorados precisavam que ela vivesse uma insegurança permanente e uma fragilidade individual que a obrigavam a se humilhar para merecer algum amor, quando não apenas uma falsa promessa de fidelidade. Com o marido era o inverso. Seus abraços pareciam fechá-la contra qualquer mágoa. Quando a beijava, pegando-a pela nuca, com a mão imensa quase dando a volta em seu pescoço e os lábios apertados contra os seus, fazia ela própria sentir-se uma mulher mais adulta e forte do que realmente era.

Quando a gravidez imprevista foi anunciada, a mãe pontificou: "Ninguém casa errado". A outra frase que a mulher mais ouviu na época foi: "Depois do primeiro bebê, a vida muda para sempre". As pessoas que lhe diziam isso, porém, condenariam a hipótese do aborto; uma espécie de sadismo, só podia ser. Agora estava ali, de pernas abertas, com um monte de gente olhando-a sofrer.

O que ela não sabia, e jamais saberia, pois a essa altura não faria diferença, eram as exatas circunstâncias em que engravidara. O marido, contudo, sabia muito bem. Nove meses antes, entre as pernas da mulher, ele sentira seu amor tão forte que o tamanho exagerado de cada parte do seu corpo lhe havia causado uma sensação inesperadamente boa, de vaidade por ter rompido o espaço que lhe fora reservado. O prazer e a vibração que os dois haviam produzido geraram nele uma energia capaz de arrebentar muito antes do fim a precaução lubrificada. A membrana de látex, a segunda pele, sensível como um hímen, uma vez rompida, no escuro e no silêncio, lhe deu acesso à vida inteira da criatura que tanto amava, e que tanto se julgava incapaz de manter a longo prazo. Na penumbra, o homem sentiu-se correndo dentro da mulher, ainda penetrando-a, lutando por um vínculo definitivo. O que não conseguiria com seu corpo imenso, devido aos condicionantes materiais e sociais, talvez conseguisse com uma parte microscópica de si próprio. Ela o viu tirando a camisinha e jogando-a fora, como se nada de anormal tivesse acontecido. Ele ficou quieto, calculando o prazo do seu amor.

"Os bons corações sabem o que fazem", sua mãe sempre dizia, e o homem desejava a paternidade — uma boca para alimentar, um coração para ouvir bater... Agiu, mas agiu achando que fazia o bem, desviando a mulher de seu caminho natural e dando-lhe um rumo vivo, a possibilidade de uma outra vida.

O marido, enquanto observava a futura mãe de sua filha na mesa cirúrgica, moveu o braço minimamente, mas o bastante para esbarrar numa bandeja de instrumentos. O médico, incomodado pelo barulho, de novo sem nem desviar os olhos do que fazia, repreendeu-o por baixo da máscara com uma rispidez abrupta, concisa e um pouco humilhante até, sendo ele quem era na situação. O sujeito, baixo e infinitamente mais fraco e frágil, abusava da autoridade científica como um cachorrinho de madame latindo para um imenso vira-lata. Podia ser dos melhores, podia ter diploma de que falasse outra língua, dominar inseminações e sofisticados tratamentos de fertilização, mas sua figura empertigada e esganiçada, sua covardia social, em alguém feito aquele pai, com tamanho para humilhar qualquer homem em qualquer lugar, causavam uma antipatia extra, legitimada pela grandeza de quem concede em não usar suas armas, pela indignação de ver outros usando sem cerimônia as que têm, e reforçada pelo complexo de quem teme a própria agressividade.

Finalmente o marido ouviu o estouro da bolsa, uma bolha explodida de água quente e grossa, que jorrou do buraco na barriga da mulher e se alastrou, escorrendo para a bacia entre suas pernas. As duas mãos do médico entraram com decisão mais fundo no rasgo aberto, no escuro dentro dela, e o marido sentiu como se fossem atrás do coração; imaginou que o veria batendo diante de seus olhos, arrancado por baixo. Do escuro, porém, veio um choro cru, intacto. O rugido de uma fera, o canto de um passarinho, ecoando na sala fria.

As luvas de plástico puxaram para fora do corpo da mãe uma forma frágil em movimento, um buquê vivo de carne e pasta vermelha, cuja pele era tão fina que o sangue parecia brotar dos poros, como dos olhos e das mãos das imagens milagrosas de santos e santas da devoção de seus pais. O nascimento de um bebê não era um fenômeno asséptico, afinal, o pai constatou, pois sua única filha estava ali, em meio a todo aquele material humano convulsionado.

Nada poderia frustrá-lo agora. A menina não ficou de cabeça para baixo, não levou a palmada clássica, e tudo foi diferente quando ela nasceu. "Ótimo", pensou o pai. O médico não lhe sugeriu que cortasse pessoalmente o cordão; o sangue esparramado significou o contrário da morte; aquele choro nunca deixaria de ser uma ordem; nenhum cabelo escondia a pulsação visível na parte mole do alto da cabeça do bebê, com o cérebro e o coração funcionando em harmonia. "Antes sempre assim..."

O médico, segurando o bebê na horizontal, com uma mão entre a nuca e a cabeça e outra na bunda, exibiu a filha aos dois; à mãe primeiro, depois ao pai. "O mesmo gesto de mostrar as peças de carne aos fregueses", ele se lembrou, reparando que até as luvas eram parecidas com as do pai açougueiro. Mas a comparação o deixou horrorizado — ninguém assa, fatia ou come os próprios filhos.

Então o obstetra pôs o bebê nos braços de uma das enfermeiras, que se dirigiu à pequena extensão lateral da sala de cirurgia. O marido, emocionado, esqueceu-se das ordens médicas, indo se juntar à mulher. Um beijo cheio na testa, as mãos grudadas como ímãs, e o transtorno de alívio nos olhos deixaram neles a mais forte impressão de felicidade.

"Você não vai acompanhar os exames no bebê?", perguntou o obstetra, em tom de desafio, com a boca ainda mexendo debaixo da máscara.

O novo pai foi atrás da enfermeira, assistir às limpezas e aos testes de praxe, dando ao obstetra o espaço para recomeçar seu trabalho, agora com linha e agulha. Ele viu uma gota de sangue ser tirada do calcanhar minúsculo do bebê e espremida numa ficha hospitalar; viu seus dedos, articulações, olhos e seu coração serem examinados; viu uma tira de plástico, a primeira marca artificial de identidade imposta a sua filha, ser enganchada em volta do pulso minúsculo e enrugado. Todos esses pequenos atos sugeriram-lhe rituais de antigos significados, batismos físicos e também fórmulas de comunicação com o mistério ao qual padres e médicos tinham acesso privilegiado.

Após embrulhar a recém-nascida em uma pequena manta

branca, a enfermeira passou-a para os braços do pai. O bebê, aquecido, já chorava menos; seus olhos, simples rasgos gelatinosos, tinham uma expressão embaçada, provavelmente pela adaptação ao ar e pelo susto de ter visto a luz. O primeiro olhar entre ele e a filha foi como o de dois seres de planetas diferentes, querendo por telepatia identificar seus espíritos de paz ou de guerra. Por um momento, quando a menina se mexeu em seus braços gigantescos e hesitantes, o pai se lembrou da sensação de, criança, segurar um besouro na palma da mão fechada e sentir o bicho lutando para abri-la, forçando a jaula de impressões digitais com seus fortes músculos miniaturizados, os quais se deseja apenas conter, jamais ferir.

"Pode beijar?", ele perguntou para a enfermeira, receoso, até que ela, estranhando a pergunta, sem dizer uma palavra, aquiesceu. O pai então beijou a filha — embora fosse esquecer o sabor exato desse beijo, se lembraria muito bem do cheiro, doce, forte, úmido —, e depois, com ela nos braços, foi até a esposa. O obstetra continuava a costurá-la, enquanto ela pedia ao anestesista um remédio para dormir. "Você quer pegar?", o marido perguntou, aproximando-se. A mãe olhou para a recém-nascida, sem levantar a cabeça do encosto da mesa cirúrgica, e quis saber: "É normal?".

Ele tomou um susto com o tamanho da pergunta, recriminando-se por não tê-la feito antes, enquanto assistia aos exames. Foi como se não se preocupasse tanto com a saúde da menina, já que ela estava viva, e isso lhe parecera suficiente.

7:46

"Quem era no telefone?"

"Minha mãe", a mulher diz, rispidamente, quase trêmula.
Agora está sentada no banco antes ocupado pela filha, que dorme no colo do pai.

"De novo?"

"É."

O marido não diz mais nada, e a mulher também para por
aí. Como havia imaginado, não precisa. Ele não quer saber o que
realmente se passa em sua vida nesse momento. Está obcecado
por aquela peregrinação de retorno à cidade natal, como se fosse
a única forma de aplacar a culpa que o tortura. Além do mais, a
desculpa é perfeita, pois sua proximidade com a mãe nunca foi
tão grande, e ela sabe que ele sabe o que a velha senhora acha
dos acontecimentos recentes, o que acha dele, e sempre achou.
Não vai querer ouvir tudo de novo. A sogra, como a filha, é contra a viagem e a volta, contra estarem ali naquela rodoviária vazia, naquele dia cinzento. As duas julgam-no um pobre corrupto
coadjuvante, envolvido num escândalo inevitável e que agora

só pensa em fugir das consequências do próprio erro. Consideram a desistência de tudo, inclusive do dinheiro recebido como suborno, uma solução radical demais, e precipitada. Tantos escroques por aí são notoriamente safados e mantêm a cara mais deslavada... Além disso, a decisão envolvia outras pessoas. Não podia ter sido tomada daquele jeito, com ele decidindo tudo sozinho. A mulher tinha um emprego bom, e a filha, a nova geração da família, não devia estar andando para trás.

Por fim, o marido sabe, com certeza, que a sogra e a esposa sempre haviam alimentado a expectativa de que ele, na cidade nova, a partir do emprego que lhe fora arranjado, garantiria uma boa vida para sua família, superando a humilde condição financeira e cultural em que tinha nascido.

O marido sabe isso tudo, e lamenta sinceramente não ter correspondido a tantas expectativas. Fazia tempo, seus momentos de felicidade conjugal entremeavam-se às prestações da dívida que tinha para com a mulher, como compensação por tê-la a seu lado e pela filha que lhe dera. Muitas vezes imaginara-se ganhando a loteria federal e, ao resolver a vida da família inteira em uma tacada só, resgatando sua imagem e sua autoestima para sempre.

O nascimento da menina e a mudança para a nova cidade, embora para ele também tenham sido momentos de grande alegria, aos poucos haviam gerado no casal a necessidade crescente dos que precisam de tudo (dinheiro, conforto, estabilidade) e de todos (da companhia dos milhões anônimos no grande centro). A mulher não se incomodava, pelo contrário, sentia-se estimulada, mas para o marido aquilo virou um tormento. Era uma força que o empurrava para a frente a cada segundo, como a pressão que expulsa a rolha de uma garrafa, obrigando-a a passar por um gargalo mais estreito que seu corpo.

Submisso ao temperamento da esposa, ele sufocou o quanto pôde o desejo de voltar para casa. Sua passividade e covardia impuseram-lhe um paradoxo permanente entre a obediência externa e a falta de ambição interior. Até a hora em que não lhe restou outra opção.

"Por que você foi deixar a menina dormir?", a mulher reclama, tentando canalizar sua raiva e sua angústia para outro assunto.

O marido pede desculpas. A mulher não responde. Ele continua se explicando, com seu jeito interrompido de falar: "Tem tempo... ela...". Promete então que, se a filha ainda estiver dormindo na hora do embarque, a levará no colo até o banco do ônibus e depois virá pegar as malas.

Mas não é isso que realmente está exasperando a mãe da menina. Num impulso, ela salta do banco e fica em pé, olhando em volta, como se nem o ouvisse mais. O marido se cala, estranhando um fim tão rápido para a bronca. Com todo o seu tamanho, com seu estoque infinito de argumentos sentimentais, apenas acha que sabe o motivo de tanto nervosismo.

"Como assim, você está vindo para cá?", a mulher perguntara ao amante, no telefonema que havia acabado de encerrar.

Ao sair de casa com uma antecedência muito maior do que o horário do ônibus exigiria, a mulher imaginava ter se livrado daquele outro homem de uma vez por todas. Um marido que usa seu deslize de corrupção como pretexto para se enterrar no passado idealizado, com direito a colo de mãe e praia de pobre, é ruim o suficiente; mas um amante que de repente fica maluco e passa a bombardeá-la com telefonemas, obrigando-a a agir como fugitiva, disposto a atropelar qualquer limite, é muito azar, é azar demais.

Se a queria tanto assim, por que nunca disse? Por que nunca propôs alguma coisa? Por que nunca largou a esposa? Agora, só agora que ela está com a vida de cabeça para baixo, de malas prontas para ir embora, de que adianta? Parte da decisão de seguir a família naquela mudança é justamente para se vingar do atraso que deprecia o gesto do amante. E quem garante que é pra valer, quem garante que ele não está apenas com a vaidade machucada pelo fim involuntário da diversão? É fácil destruir seu casamento, mas será que está realmente disposto a destruir o dele próprio? Impossível evitar a pergunta: "Por que o primeiro casamento a acabar tem de ser o meu?".

O marido, pelo menos, com todos os defeitos, gosta dela como sempre gostou. A mulher sabe que a seus olhos é mais bonita, mais inteligente e socialmente mais habilidosa do que de fato é. Com quase trinta anos, ela sabe que já deixou de ser a princesa de uma burguesia interiorana. Sabe que, na cidade onde nasceu, o momento de grandeza de sua família acabou, e até a mãe perdeu o poder.

"Vou à revistaria", a mulher diz, de surpresa. O marido estranha a palavra, *revistaria*, mas aceita, aceitará o que a esposa disser, desde que não desista do casamento. Ele tem suas mágoas, é verdade, mas ignora a existência do amante, ama a família e sabe que não vive sem ela. Então pisca, assentindo, e observa-a enquanto se afasta outra vez.

A mulher sai andando firme, olhando para os lados. "Para ver se alguém reparou que é a mais bonita e bem-vestida em toda a rodoviária", ele deduz. Mas não deixa de perceber sua agitação, "Sem chance de parar quieta".

O marido se admira do quanto a esposa é atraente. Seu corpo está igual a antes da gravidez e do casamento, quando ele nem acreditava ter alguma chance de conquistá-la. Na verdade, ficou ainda melhor. E ela dominou a arrogância juvenil, primeiro sendo casada e mãe, depois trabalhando, ganhando o próprio dinheiro. Por fim, aprendeu a se vestir e a ser mais exigente com sua aparência. "Celulite e vulgaridade são duas coisas proibidas até na gaveta do IML", o marido se lembra de ouvi-la dizer, admitindo a vaidade de mulher bonita que sabe que é. E ele adora esse jeito destemido.

"Olho maior que a barriga, fraqueza, falta do que fazer e rabicho", dissera o pai açougueiro uma vez, no início do namoro, esquartejando os sentimentos do filho pela garota nascida na elite, a herdeira das maiores salinas da cidade. Só que era impossível repartir assim as emoções. "O que ela quer com você é só sexo", dissera a mãe. "E a senhora acha pouco?", ele teve vontade de responder.

O marido insiste em acreditar que o casamento ainda pode dar certo, que muita coisa mudou nesses últimos anos, na velha cidade, nos pais dela (a neta faria muita diferença), nos pais dele e neles próprios. Lá onde nasceram, tem certeza de que conseguirão reequilibrar a vida e esperar o pior passar, sobrevivendo aos processos legais, deixando para trás a discriminação sofrida nos últimos meses, por parte de todos que acham que sabem o que ele fez. A própria mulher, com o tempo, vai admitir o quanto contribuiu para o seu erro.

O futuro pode não ser mais tão promissor, os horizontes, tão abertos, a vida, afinal, talvez não volte a ser uma página em branco, como quando casaram e a filha nasceu — ele admite que talvez nunca se livre inteiramente da mancha em sua biografia —, mas ainda é jovem, os dois são jovens e podem muito bem construir uma rotina mais calma e menos ambiciosa. Ele precisa se purificar. Como diz a sua epístola preferida: "Convém que isto que é corruptível se revista de incorruptibilidade". Se alguma coisa boa resultara de todo o escândalo, foi ele ter recuperado a fé, do lado espiritual, e, do lado material, a intuição de que a vantagem de se ganhar pouco é que fica fácil substituir a fonte de renda. Ganhar pouco é uma forma de liberdade.

A imagem da esposa nua vem então à mente do marido, e

seus olhos a procuram outra vez. Fica admirando-a de longe; seus cabelos naturais, finos e brilhantes, seu corpo magro, a camisa de seda, cujo caimento valoriza o desenho das omoplatas e a forma dos seios (a parte do corpo feminino de que ele mais gosta), o cinto de couro, que sobra numa displicência milimétrica, a calça justa sem vulgaridade. Com regozijo de proprietário, lembra-se do jeito bonito como ela afasta o cabelo dos olhos, encaixando os óculos escuros no alto da cabeça.

A mulher, enquanto anda em direção à revistaria, pensa no horário do embarque. Ela pedira demissão do emprego de que tanto gostava e vai dando adeus à vida que levavam. Está jogando fora, talvez para sempre, um ótimo momento.

A revistaria é uma loja funda, cujo interior não se vê de fora. Lá dentro, prateleiras estão espalhadas por todo canto e uma luz forte vem do teto, rebatendo no que está à mostra — os jornais da cidade, outros jornais de outros estados, revistas mais ou menos sensacionalistas, manchetes políticas e amorosas, palavras cruzadas em vários níveis de dificuldade, romances baratos, os clássicos da literatura a preços populares, fotonovelas, caras, focinhos, pragas adolescentes, vídeos, CDs e DVDs e todas as mídias em promoção, pôsteres de músicos nacionais e estrangeiros, as letras de seus maiores sucessos em fascículos, publicações eróticas, bundas e peitos pulando de trás das tarjas pretas. Nas revistas de celebridades, os ricos ostentam seus privilégios para se diferenciar do populacho, que, em vez de se revoltar, coleciona-os em papel colorido. Esse mostruário frenético brilha no concreto mortiço da rodoviária, agita o cinza encardido da manhã.

A mulher, querendo um jeito de dominar a situação, sente seus olhos derrapando aflitos em centenas de letras garrafais e iscas publicitárias. Se fosse famosa e descobrissem seu caso extraconjugal, acabaria na capa das revistas... Hipóteses como esta passam por sua cabeça sem deixar qualquer impressão ou sentido mais duradouros, afora uma drástica sensação de perda, e angústia, diante da iminência de um confronto entre o marido e o amante. Quando esses pensamentos se desfazem, são sucedidos por uma revolta quase insuportável contra aqueles dois homens, contra o mundo que a segura e faz questão de mantê-la abaixo do patamar de felicidade que, anos atrás, julgava ser um desenvolvimento natural de sua vida. A sensação de estar sendo excessivamente castigada estala e dói, feito um osso destroncado.

A mulher cogita sumir, fugindo dos problemas como o marido, para só reaparecer na porta do ônibus, um segundo antes da partida. Depois inventaria uma desculpa qualquer para ele e a filha. Ficando parada ali, junto aos dois, torna-se um alvo fácil para o amante descontrolado. Mas nem isso adiantaria. Basta que ele a espere no lugar certo, no funil da entrada para o embarque rumo ao litoral brega do estado, que será obrigada a encontrá-lo, e o marido não poderá não ver. Ela então pensa em ir já para a plataforma, escondendo-se com a família até o ônibus chegar. Assim, antecipando a entrada, driblaria o amante, que não poderia alcançá-la. Mas nesse caso ficaria presa a um único ponto, do outro lado das grades, torcendo para que o amante não a visse e começasse, por exemplo, a gritar seu nome.

Será que, tendo dinheiro, conseguiria viver naquela nova cidade sem o marido? Encontraria coragem para separar a menina do pai, a quem é tão apegada? Do jeito que é sua vida agora, sem ter conquistado a independência financeira completa, mãe de uma criança ainda pequena, simplesmente se julga incapaz de arriscar. É jovem e bonita, mas tem compromissos que a diferenciam de muitas mulheres da sua idade. Além disso, "Ninguém é bonita para sempre", como sua mãe havia dito, querendo sinceramente ajudar.

E se casasse com o amante, seria feliz? Não, não faz sentido, é loucura se tornar dependente outra vez, de alguém casado com outra pessoa, com outra casa onde ela não entra... Que mulher, com uma filha de colo, larga um casamento para a vida inteira por um amante? Que mulher faz isso?

Quem diria que seu marido teria, pela segunda vez na vida, a capacidade de enredá-la? A mulher já devia saber o quanto ele é traiçoeiro. Sempre a incomodou percebê-lo fazendo gênero de quem não quer nada, funcionário público da vida, e impacientava-a saber que, no fundo, tudo era um grande mal-entendido entre ele e ele mesmo.

As atrizes, modelos, putas e cantoras de quinta categoria expõem-se por completo nas prateleiras cheias de revistas, ela não. Aprendeu com a mãe a guardar tudo, a sempre exibir confiança. Tirava da aparência de coragem uma coragem real. Mas agora enfrenta a revolta de seus sentimentos, que parecem dar o troco, roubando-lhe a iniciativa. Ela mesma não gosta do que vive — do medo, da insegurança, da vergonha e da raiva.

Bem que havia tentado convencer o marido a adiar o projeto da volta. Contudo, ela também teme a ruína financeira que se aproxima, com ele afastado do emprego sem vencimentos, e teme a justiça na sala de casa.

O marido, sem dúvida, reaprenderá a conviver com as raízes, a mulher deduz com uma ponta de desprezo, "Tudo se resolvendo num banho de sentimentalismo". Até o próximo pecado, ele seria um bom convertido, com sua nova mania de ler a Bíblia e de recitar pílulas de sabedoria.

Mas o egoísmo do amante a pegara desprevenida. Não imaginava tamanho sentimento de superioridade em relação a ela, ao marido e a seu drama familiar. Não fazia sentido, parecia outra pessoa.

A mulher se perde na entrada da revistaria, perto do caixa. De improviso, apressada e superficialmente, ela examina a primeira página de um jornal. No instante seguinte, vira o corpo e caminha para dentro da loja, debatendo-se na infinidade de palavras e cores espalhadas. Apanha uma revista ao acaso. Por sorte está plastificada, não precisa fingir interesse em folheá-la.

O homem do caixa a está olhando por trás. O marido, de longe, repara e até sorri. O homem do caixa também é filho de Deus... "Como ela consegue?", o marido se pergunta. Nem da sogra, supostamente a representante dos tempos de glória econômica da cidade, a madame orgulhosa e influente mesmo na decadência, pode-se dizer que tenha puxado esse magnetismo, combinação de elegância moderna e aura de domínio físico.

O marido então se lembra de um anúncio de banco que vira certa vez: "A cada geração, fazendo melhor". Um lema muito próximo do que tanto ouvia a mulher dizer em casa: "Para a nossa família, o melhor". Ela sempre se mostrou prática nos caminhos. Mas a vontade que ele tinha de vencer na vida, por um azar do destino, não era grande como a dela (agora vê que nisso os sogros sempre estiveram certos).

O homem suspira, lamentando o sofrimento que seu erro provoca na família, e o desespero que a mulher provocou nele. Julga-se um bom homem, não importa o que tenha feito ou aceito; tanto quanto a vida é boa.

A mulher finalmente desaparece na loja de revistas, entre rostos conhecidos sem alma nem intimidade. Na lanchonete, o marido repara na filha, que dorme aninhada em seu colo, abraçando a boneca, soprando um ronco suave e perfumado como só o de uma criança pode ser.

8:05

A pouca distância da mulher, folheando uma revista, está um homem esguio, grisalho, de rosto suave, com traços mais finos que os do marido, e cujos olhos, muito verdes, são claros como sinais de trânsito. Sua camisa social está bem passada, a calça de veludo grosso é nova e os sapatos, de um preto brilhante, foram recém-engraxados. Assim tão elegante, talvez passasse desapercebido num saguão de embarque do aeroporto internacional, num restaurante chique, ou até num clube de golfe. Mas ali, na revistaria, ou mesmo em toda a rodoviária, entre pessoas socialmente inferiores, menos claras, menos altas, entre homens menos educados, barbeados e limpos, às oito horas da manhã de uma sexta-feira, em pleno "horário pobre", como a mulher diria, ele tinha tudo para chamar atenção.

Ela, no entanto, nem repara em sua beleza e elegância. Está nervosa demais, sem cabeça. Mas o homem bonito e bem-vestido existe sim, é real. E ele repara na mulher. Continua folheando a revista que pegou ao acaso numa prateleira, mas para disfarçar.

As formas que primeiro o atraem nela estão soltas sob a blusa. Têm desenho suave, bom volume e sugerem uma consistência agradável ao tato. Mas logo ele observa e aprecia o corpo inteiro a seu lado, a proporção equilibrada entre os membros e o tronco longilíneo, a postura reta e firme, ressaltada pelos ossos bem nítidos sob o pescoço, no colo e nos ombros, a ondulação estimulante e desafiadora de seus movimentos. Admira-a sem pressa, enquanto espera a mulher retribuir o olhar.

Quando seus olhares enfim se cruzam, o dela não demora nele mais que um segundo, voltando rápido para as prateleiras de revistas. O homem se aproxima, sem dar nenhuma importância ao aparente descaso da mulher; há tempo, a manhã está mesmo cinza, fria, e sua beleza física ensinou-o a tentar até conseguir. Sem que ela veja, tira a aliança do dedo, guardando-a no bolso macio da calça. A mulher se volta novamente em sua direção, ansiosa, sem vê-lo de fato, apenas esperando que desocupe uma nova fatia de prateleira, alargando o espaço no qual ela se atormenta. O homem de olhos verdes, percebendo, sai da frente e faz o gesto de quem dá passagem, para então começar a contorná-la. Enfim a mulher percebe o que está acontecendo ali. Ele vem para o outro lado, ainda mais próximo, de novo olhando-a fixamente. E de novo ela olha, agora já cautelosa.

O que faz um homem ser melhor que outro?, a mulher gostaria de saber. A constância de um marido, a eletricidade de um amante ou a promessa misteriosa dos desconhecidos? O que compõe o caráter de um homem, e qual sua real importância para a vida cotidiana? Corromper-se e depois, arrependido, entregar o dinheiro para a polícia talvez não fosse caráter, mas sim fraqueza. É confessar o crime não por honestidade, mas para escapar da culpa. Por outro lado, ameaçá-la com a revelação do adultério, pondo em risco a manutenção de sua família, talvez não fosse um gesto afirmativo, mas sim um desesperado pedido de socorro. E paquerar uma desconhecida na rodoviária, o que era, senão um retardo juvenil?

Para surpresa de ambos, a mulher trai um levíssimo sorriso, um sorriso escapulido, que é menos uma resposta ao homem e mais o fruto da ironia de seu comentário interior, que ri da própria vida, entortada pelas circunstâncias. Achou graça porque, mesmo num momento feito o que está passando, não é mau ser cortejada por um terceiro homem, ainda mais aquele bonitão de olhos verdes.

O desconhecido, porém, não a lê corretamente. Decodifica mal o movimento de seus lábios e o brilho dos seus dentes. Achando que o sorriso é uma demonstração de interesse, ele se anima e sorri de volta.

A mulher, envaidecida por um instante, no fundo não tem nenhuma vontade de participar do velho cabo de guerra. A presença do amante, virtual, perigosa, antecipada em sua cabeça, desfaz qualquer hipótese, por mais remota, de corresponder àquele assédio fora de hora. Ela vira o rosto para a prateleira e nem agradece a gentileza que o desconhecido lhe fez.

Apesar de seu caso extraconjugal, a mulher sente um orgulho genuíno por ser mãe de família. Certamente gostaria de sentir um orgulho ainda maior, de matriarca, idêntico ao da mãe, como o que se tem de algo que está acima da vida, que ultrapassa e antecede a própria existência, o próprio esforço. Mas ainda que o seu orgulho seja menos monolítico — sobretudo agora, diante de tudo que está acontecendo —, ela se dá ao respeito. Se não é igual à mãe, mesmo assim não é mulher de aceitar cantada de qualquer desconhecido, numa rodoviária imunda. Não conheceu, pelo menos não ainda, ninguém que a faça abandonar a família.

Talvez o marido não seja o homem dos sonhos, talvez o vínculo formal entre eles não tenha nascido da maneira mais espontânea, mas ela já entende muito bem o que se passa entre um homem e uma mulher para acreditar em algo idealizado. De sua parte, certamente não é, para ele, a esposa perfeita, sempre solícita e sem desejos, ou, para a filha, a mãe perfeita, carinhosa e abnegada, do tipo que por longas horas senta no chão e brinca com a criança, esquecendo a própria vida e os próprios interesses.

A nova cidade, igualmente, não lhe dá tanto dinheiro quanto prometia, e nem chances tão amplas de conhecer as coisas, ou acesso a tudo de bom que via outras pessoas terem. De que adianta ser bonita e bem-educada numa vida pé de chinelo, dependente dos outros? Ao aceitar seguir o marido até aquela rodoviária, ela própria está desistindo de seus sonhos exageradamente otimistas. Talvez isso seja mesmo a coisa ajuizada a fazer, e esteja usando o marido como bode expiatório apenas para não se recriminar, não enxergar as próprias limitações.

Também se resignou à viagem por medo de ficar sozinha, claro. Nunca deixava de martelar na sua cabeça que, se fosse homem, fugiria de uma mulher como ela: financeiramente dependente e com a filha de outro para criar. Por mais bonita que fosse, isso não seria motivo para nada além de uma boa trepada, e o casamento prematuro impedira-a de superar certos moralismos que a mãe inculcara fundo em sua alma. Em seu estado normal, aceitava a rotina em família e mantinha sob o mais rígido controle a frustração sexual que lhe vinha da juventude interrompida. O amante fora apenas um desvio de percurso, uma recuperação fugaz dos antigos desejos, mas isso não bastou para fazê-la esquecer quem realmente é. Havia explicado tudo isto ao seu outro homem, que entretanto insistia em não entender.

Explicara ainda uma segunda coisa, mais inesperada para alguém da sua idade: o medo de ficar velha. "Como é possível que você, mesmo tão jovem, se preocupe com isso?", perguntara o amante. Ela própria não sabia ao certo. Era algo que talvez viesse da dura pedagogia de sua mãe, que nunca a deixara esquecer que toda força precisava ser domada para não se gastar. E ela também estava sujeita à idolatria pela juventude que ocupou o espaço das ideologias nos tempos atuais, obrigando todos, jovens e velhos, a menosprezar as demais fases da vida. Mas esse respeito pelas marcas do tempo só havia ficado nítido com a gravidez, sendo posteriormente reforçado pelas difíceis experiências que a vida de casada lhe proporcionara.

O orgulho que tem da família é relativo apenas por enquanto, a mulher racionaliza. Com o tempo, se tornará absoluto. Sua família, qualquer família, funciona como uma garantia cujo valor cresce ao longo dos anos. É uma doce armadilha, que a deixará cada vez mais dependente do marido e da filha para sentir-se amada, para viver o desejo. No futuro, será muito melhor tê-los ao seu lado. Dali a dez anos, quando já não for mais tão jovem e bonita, se estiver numa rodoviária como aquela, um desconhecido de olhos verdes e rosto suave não vai mais olhar para ela. Não tendo ficado rica, como tudo indica que não ficará, o desgaste da beleza seria ainda mais crucial. A mulher sabe que um amante é garantia de nada. Por melhor que seja o homem, a redescoberta de um sexo vivo é sempre passageira.

Confusamente, ela se debate no paradoxo de afastar a hipótese de ficar velha e sozinha no mesmo ato em que sacrifica a juventude que lhe resta. Após todos os argumentos que a puxam para um lado, vêm os que a arrastam na direção oposta. Afinal, por mais que a família tenha se entranhado em sua vida, por maiores que sejam os seus medos, precisa admitir que está doendo refazer o trajeto até a antiga cidade. Equivale a subestimar a dor de toda a sua vida adulta. É jogar fora o esforço dos últimos anos.

E se ficassem?, só ela e a filha? — ao pensar nessa hipótese, a mulher sorri mais uma vez. Nessa outra cidade, vê coisas e conhece lugares que lá onde nasceu não existem, ou existem apenas em uma versão piorada. Aqui tem amigas que não se martirizam por terem um dia deixado o corpo livre para experimentar, por terem sonhos de autoaperfeiçoamento. Aqui havia aprendido uma nova forma de se comportar — não mais como a menina de boa família, ou a garota moderninha da cidade pequena.

Depois de quase dois anos sendo exclusivamente mãe, conseguira o primeiro emprego. E progredira. Se desistir de viajar, pode voltar para o emprego do qual se desligou (pelo menos a chefe havia dito isso quando pediu demissão). Embora não na velocidade imaginada, a nova cidade pelo menos a encaminhara na direção dos seus sonhos, e ela sonha ser o oposto das pessoas que voltam a suas cidadezinhas, para levar uma vida perto do mato, ou numa praia deserta, passada de chinelo e em devaneios autocomplacentes, contra os "neuróticos" da cidade. Onde achar coragem para tamanho desperdício de tempo? A mulher jamais quis algo assim, porque a vida é curta, a velhice está aí (para uma mulher bonita, começa antes), e a velhice de uma vida não aproveitada é mais cruel que tudo. O mundo adora chutar cachorro morto.

Com o olhar deslizando pelas revistas, enquanto sente as forças contraditórias em sua cabeça, a mulher subitamente percebe que o homem bonito e bem-vestido, ao ocupar a prateleira a seu lado, estivera olhando uma sequência de revistas masculinas. Tem vontade de rir. Acha um horror aquelas piranhas nuas, arreganhadas e cobiçadas por fantasias eróticas primitivas. Despreza-as, e aos "incorrigíveis punheteiros", com a convicção de quem acredita possuir uma relação mais digna com o sexo.

Poderia, ou ao menos acha que sim, alavancar com a beleza sua ascensão, mas sempre fora orgulhosa demais para se deixar vulgarizar. Sua autoestima, seu orgulho e sua teimosia dificilmente permitiriam tal rebaixamento. Nem o dinheiro teria tanta graça, se comprasse a ela própria. De que adiantava a ajuda do político amigo da mãe, que arranjara o emprego para seu marido, ou do amante? Às vezes sentia-se na tripla encruzilhada entre o modelo matriarcal, a mulher realmente moderna e a mulher vulgarizada, disposta a tudo, e especulava se não seria essa indefinição a causa dos seus problemas.

Mas de repente ela esquece as abstrações. Volta ao mundo concreto, olhando o relógio — 8:15 —, e novamente mergulha de cabeça na aflição. Torce para que o amante não cumpra a ameaça de aparecer ali. Tudo já está difícil demais. E assim ela fica, repisando o tempo até o horário do embarque.

O homem de olhos verdes e cabelos grisalhos, enquanto isso, prepara-se para uma nova tentativa. Para ele, é indubitável que as mulheres percebem quando a força de um homem não vem de dentro dele, quando a força que demonstra ter é apenas reflexo da força delas próprias. E, quando elas percebem, é fatal. Ou enganam ou se desinteressam. As mulheres não conseguem viver sequer a própria solidão, que dirá a dos homens, e então os desprezam quando descobrem que são fracos e solitários. As mulheres preferem os homens que não sentem o mal-estar da vida, que têm uma força realmente independente, por mais que estes mesmos tipos as maltratem ou lhes neguem o romantismo a que tanto gostam de se dizer apegadas. A quantidade de conquistas na sua vida provava isso.

"Você está com pressa?", ele pergunta de repente, com uma voz escura, mais escura do que o rosto sugere. Ainda está incentivado pela má interpretação que fez do sorriso escapulido e pela preocupação da mulher com as horas.

Ela se irrita com a abordagem e responde: "É que estou indo para bem longe, com meu marido e minha filha".

A mulher se espanta quando ele ri, mais charmoso do que nunca, com a maior naturalidade, achando graça exatamente em sua negativa absoluta. E também fica com vontade de rir, dele — quem é?, um cara... —, dela, da situação toda, do marido e da filha lá fora, do amante chegando, da mãe incentivando-a a lutar por seus sonhos, da expectativa das pessoas na área de embarque e dos ônibus que irão chegar para levá-las. Mas segura a vontade. Seria um riso histérico. Quer ficar sozinha para pensar, pensar, encontrar um jeito de sair daquele pandemônio, ou de pelo menos enfrentá-lo com o máximo de dignidade, como sua mãe faria. Vendo o bonitão ali parado, com um sorriso autoconfiante no rosto, ela se irrita de vez. Sabe que é bonita, porém não aguenta mais olhares arrastados e constrangedores, não tem paciência para as frases feitas, para o jogo repetitivo da sedução. Isso ela aprendera com o marido: a sedução é a antítese do desejo, pois exige que ele se module, se esquive de si próprio, vista disfarces; é também a antítese do amor, pois o imobiliza, o estanca, confunde-o com a instantaneidade da paixão. Anos atrás, chegava a se regozijar quando os homens admiravam seus peitos e sua bunda. Mas, àquela altura da vida, já percebeu que a verdadeira sexualidade é muito mais complicada.

"E se eu fugisse com esse aí e deixasse tudo para trás?", ela delira, brincando com a própria desgraça. Justo nesse momento, repara no pequeno anel de pele branca que o homem grisalho tem no dedo da mão esquerda. Então conclui o que tem de concluir:

"Mais um..."

Seu marido, com todos os defeitos, não era cafajeste. Ele que, a essa altura, na lanchonete defronte, engole com meia mordida o resto do pão de queijo da filha, com ela aninhada em seu colo, nunca discriminou ou enganou alguém que quisesse levar para a cama. Para ele, cada trepada era mais do que uma chance de gozar, era uma possível reviravolta biográfica.

A mulher sai rápido em direção a outra parede de prateleiras, cruzando diante dos olhos verdes apontados em sua direção. Ao passar, sente o calor inconveniente daquele outro corpo.

O desconhecido hesita, surpreso com a segunda negativa,

implícita no deslocamento físico da mulher, para ele mais drástica que a verbal. Ela, de costas, pressente a hesitação e se dá os parabéns.

O vulto daquele homem, no entanto, outra vez se coloca a seu lado, encarando-a.

A mulher se pergunta se um dia ainda vai ter paz, a sua paz, e faz uma ligeira careta de desagrado.

Mas ele já foi longe demais para desistir, e vem do outro lado:

"Acho que você me interpretou mal."

Ela o encara, sabendo que não é verdade, mas num movimento da cabeça sugere que pode estar errada, e nesse caso pede desculpas; porém não fala com ele ou o enquadra um milésimo de segundo além do mínimo indispensável.

Aprendera recentemente como são os prazeres e as dores da vida dupla, da infidelidade conjugal, e por isso mesmo não está em oferta na vitrine. O amante casado aparece no rosto daquele outro homem casado, e a mulher despreza ambos, morrendo de medo de que, dali a pouco, seja alvo desse mesmo desprezo, agora nos olhos do marido. Ela sente que tem pouco tempo para decidir como se esconder. Sua vontade é fazer, com um simples gesto, que esse príncipe desconhecido vire sapo de uma vez; melhor ainda, que suma em meio a fumaças de bruxaria.

"Para onde você vai?", o homem pergunta, irritando-a desmedidamente. Ela própria sabe que sua irritação é exagerada, mas o que pode fazer se a frase lhe chega alterada, "Qual é o seu destino?", e se justo para isso não tem resposta?

Dentro dela explode uma recapitulação mórbida dos acontecimentos das últimas semanas — a humilhação feita ao marido pelos colegas de trabalho, as decepções que sua ingênua malandragem provocou, a raiva que sentiu ao ouvi-lo dizer que ela também era culpada, ainda que indiretamente, pelo que havia feito, a demissão forçada que teve de pedir, a estúpida entrega do dinheiro e a confissão à polícia, o empacotamento das coisas, o apartamento vazio...

"Dá licença", ela diz, ao disparar em direção à amplitude da rodoviária. Não aguenta mais o ambiente abafado na revistaria. Ao sair, porém, e enxergar à distância o marido com a filha no colo, ela para. Assim como veio, vai embora o seu ímpeto. Atrás dela, o homem bonito não entende o motivo da hesitação e se ilude, imaginando que talvez ainda tenha chance. Ela mesma receia estar fraquejando. Seus passos perdem, com a firmeza, o propósito.

Na lanchonete, enquanto espera a mulher voltar, o marido observa os rostos tensos e fechados de um casal jovem, na outra ponta do balcão. Devem ter vinte e cinco anos no máximo, ele deduz, por causa das roupas moderninhas e dos cortes de cabelo. Ambos são muito magros e parecem tristes. A garota bebe um guaraná, ou melhor, pedira um, mas ainda não havia tocado os lábios no copo, cheio de gelo e com uma rodela de laranja desproporcionalmente grande. Havia amado pouco — é impossível explicar como o homem que a observa discretamente, sem jamais tê-la visto, sem ter trocado uma palavra sequer com a menina, num relance pôde concluir isso; ele se limita a chamar de intuição, ou, no máximo, de empatia —, mas agora ela ama o garoto a seu lado, é evidente. Parece inclusive ser esse o assunto entre eles. Sua confiança, no entanto, parece ter desaparecido em algum ponto ao longo do namoro. O rapaz se acha mais forte e não é difícil deduzir que vai terminando ali o que quer que tenham, por algum motivo que, dá para ver, ele mesmo não sabe explicar muito bem se é uma necessidade real de interromper a história, ou se é apenas porque para um homem é mesmo diferente, não serve só uma mulher, muito menos uma só (todo homem teme a voracidade da solidão feminina). O garoto tem a mala de viagem a seus pés.

O que torna a ruptura mais difícil, contudo, é o fato de ele ter caráter — da extremidade do balcão, o marido observador também não sabe como pôde perceber algo assim —, e de procurar ser gentil e carinhoso com a garota. O menino se enrola na ambiguidade das palavras, não diz o que está precisando dizer. A garota então se aproveita, fingindo que não está entendendo, mas logo eles não têm mais as mãos dadas. Ele finalmente havia sido claro. Ela, não querendo transparecer a real dimensão de sua tristeza, por simples orgulho, mas também por estratégia, evita mostrar-se fraca e assim diminuir ainda mais as chances de virar a situação a seu favor, naquele momento ou num futuro próximo.

Enquanto sente o peso de sua decisão, o jovem passa a mão nos cabelos, num gesto ansioso, penteando-os para trás e domando os fios que perturbavam sua aparência, da mesma forma como tenta jogar para trás e domar os sentimentos contraditórios em relação à menina. O marido então deduz que o fato de ele ser bem mais bonito que a garota, de rosto e de corpo, desempenha um papel na decisão de acabar tudo, pois, supostamente, separar sexo de amor e arrumar outra é mais fácil para o sexo masculino. O garoto parece impulsionado adiante, obrigado a se fechar àquele romance de juventude, sem entender por que o amor da namorada começara a incomodá-lo tanto. Sabe que é sincero, e que ela seria uma companheira fiel. Mas algo o chama, algo o impele a fazê-la sofrer, e a sofrer junto, apesar de ser mais resistente aos cacos insólitos que o amor inventa e recria nos diálogos de um último ato como aquele. Talvez esteja mais em crise do que ela. Talvez cogite a hipótese de estar encerrando a relação por alguma espécie de vingança, embora não consiga imaginar o motivo, pois a garota nunca lhe fizera nenhum mal, muito menos intencionalmente. Pensa também em autossabotagem, ou num jeito invertido de amar, no qual a vaidade e a sucessão de rompimentos semelhantes o viciaram desde cedo; e sua última justificativa repousa na moral dos tempos, que valoriza o eterno recomeço e a quantidade de experiências amorosas.

O observador tem diante de si, naquele exato momento, quatro olhos jovens envelhecendo rapidamente numa lanchonete de rodoviária. A garota volta e meia ousa dizer alguma coisa que deixa o rapaz dolorido, ou impaciente, fazendo-o dar pequenas bufadas, esfregando os olhos, enquanto ela torna a gemer com palavras, magoada por ser mal interpretada, ou mal recebida. Os dois pensam nos amigos que tinham feito e mantido juntos, e como eles se dividiriam, tomando partido, ou simplesmente ficariam incomodados pela separação, projetando no casal que se desfaz os próprios medos e frustrações; e qualquer casal separado para uma turma de amigos é o imprevisível elemento desagregador, como dois carros de corrida que saem capotando pelos ares num circuito oval.

Enquanto assiste, o marido se pergunta: por que nunca sentira nada parecido? Tanta gente opta pela separação... Por que sua aderência ao segundo estado civil de um homem é mais irredutível que a dos outros? Mas logo essa autorreflexão é interrompida, pois a menina reage, elevando o tom da voz:

"É porque eu digo a verdade que você não acredita em mim", ela diz, irritada com a impaciência superior do futuro ex-namorado.

Da outra ponta do balcão, o grande curioso percebe que o rosto dela, antes uma vítima passiva, endureceu de repente, ao falar sem meios-tons, ao abandonar qualquer estratégia de reaproximação, sem mais gemer, lamentar e muito menos suplicar. A garota olha o seu amor rispidamente. E o rapaz, agora desafiado, movido em si mesmo, olha-a como se não a reconhecesse, talvez como se ela, ao agir assim, fizesse com que ele não reconhecesse a si próprio. A garota achara forças para rebater a mágoa e o ressentimento, o estrago nos sonhos futuros e na boa relação ao longo dos anos, meses, semanas ou noites em que haviam estado juntos — a exata duração do namoro o outro freguês da lanchonete não ouviu ou ficou sabendo. Ela faz questão — "e está certa", o espectador intrometido pensa — de cobrar do rapaz tudo o que está jogando fora: os corpos colados, as bocas perfumadas, as línguas sutis e inteligentes, as mãos macias, os olhos abertos e fechados durante os beijos, as gargalhadas, os suspiros, os galopes da respiração, os tremores, os momentos de prostração satisfeita, quando o rapaz encostava a cabeça nos seus peitos nus e ouvia o coração batendo, jurando, o sangue fluindo, os sentimentos se mexendo dentro dela...

Embora cada vez mais curioso em saber como a cena iria terminar, a atenção do homem é reclamada por sua esposa, que, de volta da revistaria, finalmente consegue chegar à lanchonete. Ele é obrigado a deixar a vida dos dois jovens seguir em frente. A tensão que domina sua mulher, por um momento, larga-o sem saber o que dizer.

Como que para preencher o silêncio, embora ainda falte bastante tempo para a hora do embarque, ele pergunta: "Vamos?".

O homem

O homem foi até o quarto da filha, bem cedo pela manhã, na esperança de absorver pelo menos um pouco da paz que a visão da menina dormindo lhe trazia. Enquanto lá fora os barulhos da cidade começavam, enquanto seu turbilhão pessoal e profissional apenas se preparava para ganhar força, ali, na penumbra, no silêncio, entre quatro paredes decoradas com motivos infantis, ele conseguia justificar sua decisão.

Aquela criança linda, a quem amava mais que tudo na vida, era a mesma que involuntariamente nunca o deixava esquecer, por um lado, a necessidade de ganhar dinheiro e, por outro, o quanto gostaria de ter mais tempo para a família, de viver com mais calma. Vê-la crescer era bom e ruim por isso mesmo, pois a felicidade se mostrava muito simples, bastando ter a filha por perto para senti-la. Só que, por ironia, a própria existência da menina tornava sua nostalgia por outro ritmo de vida algo inalcançável. Ficava difícil se olhar no espelho e ver o funcionário de uma grande empresa, numa cidade estranha, técnico de nível 2B.

Talvez a rotina que levava devesse ter sido uma projeção

consciente na sua cabeça; deveria ter pensado em algo assim, pelo menos quando decidiu se casar. Na época, realmente acreditou que trocar de cidade não exigiria qualquer mudança de atitude, qualquer transformação existencial. Ainda não aprendera que cada cidade tem uma índole, inapelavelmente imposta a seus habitantes. Como poderia não fazer diferença sair de um lugar com 150 mil habitantes para outro com tantos milhões?

A mulher, por sua vez, sempre teve plena consciência do que precisava para ser feliz em seu novo ambiente. Logo ao chegarem, ela o surpreendeu ao exigir melhorias no apartamento que alugaram, mesmo sabendo que, a rigor, não valia a pena gastar nada num imóvel que não lhes pertencia. Segundo disse, sem as pequenas adaptações indispensáveis, "teria a impressão de estar num quarto de hotel". Ele já viera com o emprego na estatal de telecomunicações (logo ele, que odiava falar ao telefone), contratado por um velho amigo da família da mulher, e ela, prestes a ser mãe, não podia esperar para ter conforto. Este era o acordo, entre o marido, a mulher e a mãe dela. Então começara assim — justificada pela mudança e pela gravidez, tornada possível graças ao consumo prematuro da herança da mãe e ao esforço cotidiano do marido — a obrigação de viver acima do que podiam pagar.

Ele, antecipadamente receptivo a qualquer coisa que viesse do casamento, demorou a sentir o incômodo. Nos primeiros anos, a felicidade em ter a mulher com que sempre sonhou e a alegria com o nascimento da filha amaciaram o peso das prestações, a saudade de casa, dos pais, as dificuldades de adaptação e os problemas no trabalho. Até foi bom sonhar os mesmos sonhos que a mulher.

Com o passar do tempo, porém, a profissão que o salvara do comércio grosseiro do pai transformou-se numa tortura. Como isso podia ter acontecido? Desde a adolescência, os computadores haviam fascinado sua natureza antes alheia a tudo o mais. Lembrava-se de quando conhecera os primeiros jogos, de quando aprendera a usar os primeiros programas e decifrara os primeiros manuais, das aulas do curso profissionalizante, quando sua paixão migrou para a engenharia eletrônica, e do esforço que fazia para comprar as revistas especializadas, às vezes tendo que ir de ônibus até outra cidade maior da região. O amor pela informática era o que ele tinha de mais precioso, pelo menos até a mulher aparecer. Sua cabeça percorria os circuitos como se fossem caminhos para ele próprio.

Atualmente, odiava perder horas mexendo nas entranhas de um computador. Desenvolvera um desinteresse grave, para um profissional no seu ramo, pelos avanços tecnológicos, e uma desconfiança amarga em relação à maneira com que eram anunciados pelos fabricantes, como se fossem necessidades supremas. Do seu ponto de vista, por exemplo, o mundo passaria muitíssimo bem sem uma nova versão dos sistemas operacionais já existentes; o ponto em que se havia chegado era mais que satisfatório. Qual a vantagem de continuar?

Um, dois, três, quatro, cinco anos; à medida que foi se desinteressando pelo trabalho, à medida que a euforia conjugal foi diminuindo e a filha foi crescendo, com seus pequenos-grandes problemas, ele começou a flertar silenciosamente com o passado e com o lugar físico do passado, onde tudo — trabalhar, ficar em casa, respirar — seria melhor para os dois e a menina.

Quando comparava a rotina que tinha à de sua mãe, sentia na dela uma dose de humanidade muito maior. Seu mundo era menos racionalista; nele o indivíduo não era a medida de todas as coisas, a família instaurava, na vida de cada um, o princípio do coletivo. Já o filho, em seu trabalho, não atuava em benefício do povo, como gostara de imaginar que faria ao aceitar o emprego que a sogra lhe arrumara; era o funcionário de reciclagens burocráticas e subpolíticas.

A metade final de um mandato do presidente da empresa, a metade inicial de outro já tinham sido suficientes para ele entender que tipo de gente ocupava os altos cargos. Eram os partidários infiltrados, os cães de guarda dos políticos. Eles controlavam, segundo interesses particulares, quem subia e quem amargava eternamente a mesma posição. A eficiência interna e o bem da sociedade eram objetivos secundários, para não dizer abstratos. E, se a dinâmica no serviço público era assim normalmente, tudo piorava bastante quando vinha a época de eleições. Aí então a empresa virava uma hiena, farejando no ar a "hora da carniça", como os funcionários veteranos chamavam a fase de arrecadação das campanhas. Qualquer servidor minimamente honesto, mesmo sem os agravantes pessoais com que o homem se atormentava, desistiria de ser idealista.

Na área técnica, obedecia a um sujeito que não o deixava esquecer nem por um minuto a dívida de gratidão por lhe terem arrumado aquele emprego. Quando a esposa, para ajudá-lo a se entrosar na empresa, convidou seu chefe para jantar, criou-se entre os dois uma antipatia instantânea. Sua vulnerabilidade hierárquica impunha-lhe inúmeros tormentos, com o tal cara sempre deixando bem claro que não admitiria alguém tentando se destacar, muito menos um simples técnico que obtivera o ganha-pão por favor. A cabeça do outro funcionava segundo a praxe; toma lá o trabalho, dá cá sua obediência completa. Isso porque estava acostumado a driblar os concursos e ocupar cargos públicos com a bênção do ex-deputado que presidia a estatal. "Um satélite de transmissão com potência relativa", rosnava o técnico mentalmente, com boa dose de despeito. A diferença é que o sujeito aceitara de bom grado o cargo de puxa-saco profissional, para muitos o único disponível na política. Desempenhava-o até com determinação.

Naquela estatal, jamais passara na cabeça de ninguém que

um apadrinhado periférico pudesse ter ambições, ou precisasse ascender profissionalmente para agradar à mulher e manter a família unida. Ali ele era apenas um subalterno sem futuro, ou melhor, com futuro de nível 2-B, o de um subordinado do assessor do político amigo da sogra. Que sucesso poderia almejar a mosca do cavalo do bandido? Era noventa por cento autodidata, no tempo da superespecialização; era filho de um açougueiro com uma dona de casa, que estudou em colégio público, não fez faculdade, não falava inglês e nem nasceu na cidade grande. Isso não era um currículo, e sim uma ficha policial. Adorava os colegas de departamento, com os quais sempre se reunia no clube dos funcionários, porém a amizade deles não bastava para eliminar o ressentimento provocado por tudo o mais.

Nenhuma dessas queixas, feitas cotidianamente à mulher, ajudara-o a diminuir a cobrança para que ganhasse mais dinheiro. Pelo contrário. Ela, diretamente, e a sogra, indiretamente, faziam campanha para ele "deixar de ser mole" e arriscar a sorte em outro emprego, na iniciativa privada. Funcionário público e vagabundo, para as duas, e para todo o país, aliás, foram se tornando sinônimos perfeitos. "Trabalhando para o Estado", viviam dizendo, "não se fica rico honestamente."

A cobrança dentro de casa, a revolta surda contra o chefe e o desânimo com o emprego foram envenenando-o, turvando sua capacidade de ser feliz. A cada mês que faltava dinheiro para pagar o padrão de vida que lhe exigiam, via o quanto estava sem prumo.

Apesar disso, havia combatido a decisão da mulher de arrumar uma fonte de renda própria, um emprego. Ele tinha um péssimo pressentimento em relação à ideia, e preferia ter a esposa em casa, cuidando da filha. Mas quando as salinas da sogra deixaram de lastrear seus hábitos caros e seus programas sofisticados (restaurantes, teatros, passeios), foi inútil resistir. Conseguiu evitar, no máximo, e depois de muita discussão, que ela também pedisse ajuda ao deputado amigo da mãe. Não queria dever mais nenhum favor àquela gente. Como prova de dedicação ao projeto conjugal, e porque simplesmente teve sorte, ela cedeu e arrumou um emprego por contra própria. Foi trabalhar de vendedora, numa loja perto de casa. Enquanto aprendia, ganhava experiência e pegava gosto pela nova rotina, querendo sempre melhorar a vida da família, o espírito do marido funcionário público foi adquirindo a lassidão que ele a princípio julgara estereotipada e cruel.

O homem chegara aos poucos até a manhã em que, ao sair do quarto da filha, estaria pronto para se corromper. De início, participaria daquela licitação como já participara de tantas outras, ou seja, recolhido a sua insignificância. Ao departamento técnico cabia, simplesmente, fazer os testes de praxe: medir a performance dos roteadores sob o nível máximo de stress; registrar o percentual de perda de conexões, o de erro, avaliar a latência do equipamento etc. Claro que ele, de um jeito ou de outro, acabaria tendo acesso ao conjunto dos resultados, mas, a rigor, seria responsável pela emissão de apenas um laudo, referente à medição da curva de temperatura das máquinas e do consumo de energia elétrica. Nunca imaginou que, por tão pouco, seria o alvo de uma proposta de suborno.

Às vésperas do início dos testes, recebeu o telefonema de um velho conhecido, ex-colega do curso profissionalizante, convidando-o para almoçar. Achou aquilo suspeito, verdade seja dita. Haviam perdido contato quando de sua mudança, e era coincidência demais o sujeito agora trabalhar em uma das empresas interessadas na licitação. Embora soubesse que as pessoas muito grandes e altas, em geral, são vistas como lerdas cerebrais, e embora reconhecesse sua relativa dificuldade de expressão, não se achava nada bobo. Naquele momento, seu passado e seu presente se misturaram de um jeito estranho, meio sombrio, para um funcionário disciplinado, cuja subalternidade era a prova maior da conduta ética. Foi logo avisando que não poderia adiantar sobre a concorrência qualquer informação que não constasse na página da internet, e sugeriu ao amigo o link do edital. O sujeito respondeu que não era nada disso; arrumara o emprego havia pouquíssimo tempo e estava recém-chegado na cidade, precisando de amigos; lembrara-se de que ele viera trabalhar na estatal e, resolvendo ligar, conseguira o telefone com seus pais. "Eu pago o almoço", disse, dando um tom simpático ao convite.

Ficou difícil recusar qualquer aproximação. Os equipamentos seriam testados por uma equipe de profissionais, gerando laudos que iriam para o relatório do chefe, e do chefe do chefe, e uma vez consolidados balizariam o contrato entre a estatal e a empresa privada. Sua influência no resultado da licitação era nenhuma. Além disso, ele também precisava de amigos com quem matar as saudades de casa. Por que se negar um almoço agradável, por que recusar o tipo de cortesia promíscua que todos os seus superiores aceitavam? Só porque era subalterno? Sua mulher jamais faria semelhante estupidez. Quando aceitou o convite, sentiu-se aprendendo com ela a usar as pessoas, e a saber que elas, quase sempre, não se importam de ser usadas.

Enquanto entrava no restaurante, um daqueles grandes e antigos do centro da cidade, tentou radiografar seu anfitrião para além do terno escuro, do anel grande que apertava seu dedo grosso, daquela gravata que, se ele não julgava tão feia, sua mulher certamente teria tachado de brega (adjetivo fatídico), e para além do bigode, do queixo prognata, dos olhos amistosos.

Por um instante, até imaginou que estavam sendo observados. Mas por que o seriam? Sua altura havia chamado atenção? Era bobagem, com certeza. Ele dominou os nervos e seguiu quem o convidara, que por sua vez seguia o garçom; os três abrindo uma picada por entre as mesas, as vozes e os barulhos de talheres e copos batendo nos pratos. Passado o arrepio de entrar num local público muito cheio, olhou em volta — as paredes com fotos emolduradas, o balcão, as caras dos fregueses, dos garçons e da dona atrás do caixa, uma senhora de óculos antigos, imensos, e cabelo maltratado, como sua mãe quando ajudava no açougue do pai. Gostou de tudo o que viu e sentiu. O ambiente trouxe-lhe uma sensação de reconhecimento.

A mesa em que ficaram estava meio bamba, coberta com uma toalha vermelha, sobre a qual, enviesada, havia uma branca; o azeite em lata era pálido, o vinagre vinha numa garrafinha de plástico; o sal, a pimenta e os palitos eram oferecidos em utensílios de louça branca; os talheres eram simples, de aço tão vagabundo que ele os dobraria com um dedo se quisesse. Não estava num cenário gastronômico, feito os restaurantes de que a mulher gostava. Entre homens e mulheres mal pagos, profissionais liberais sem glória, todos devidamente subjugados, como ele próprio sentia que era, ficou satisfeito por ter aceitado o convite.

Pediu água, e o garçom acendeu o cigarro do velho amigo, que, passando por cima do seu pedido, comandou duas caipirinhas de vodca. O técnico ficou de novo em alerta. No entanto, ao chegarem os copos baixos, redondos, com as cascas esmagadas no fundo, o gelo por cima e cheios do líquido esverdeado e forte, ele achou aquilo realmente bonito.

A conversa não podia ser diferente, começando pela nostalgia da antiga cidade, dos parentes que deixaram por lá, das lembranças da escola técnica. Depois, falaram dos respectivos empregos, dos respectivos chefes (mal, claro), e chegaram às caipirinhas, às porções generosas do restaurante, para daí caírem no futebol, nas eleições, nos riscos de o país voltar para trás. Então falaram das respectivas mulheres e dos filhos. Em seguida voltaram ao tema trabalho, menos genericamente agora. O sujeito fez perguntas absolutamente legítimas sobre os procedimentos de teste e deu respostas diretas a suas perguntas de técnico.

Falaram mais da vida adulta, das dificuldades de manter uma família, de questões conjugais, também de forma menos genérica, e o amigo perguntou se ele gostava de ser casado. Quando respondeu dizendo o quanto amava a esposa, o sujeito disse:"Toda boa mulher custa caro", e soprou a fumaça do cigarro; "A minha era ótima. Por isso mudamos o esquema. Nessa cidade não dá para sustentar muitas bocas com um salário só". Ele concordou, quase rindo; disse que era "a pura verdade".

Ainda não estava amolecido o suficiente para, no exato instante em que terminou a frase, não se achar inconveniente. Achou que dava para ler no seu rosto o quanto aquilo o fazia sofrer. Por sorte seu interlocutor preferia falar a ouvir, e sua indiscrição evaporou naturalmente. "Agora ela voltou para a terrinha, com as crianças. Estou sempre lá", o sujeito disse, e piscou um olho, dando a entender alguma coisa. Fumava com tanto prazer que nele o tabagismo parecia um hábito saudável.

"Se ela me visse agora", o técnico cogitou, pensando na sua mulher. Sentiu que a esposa se orgulharia de vê-lo ali, convidado para um almoço por um velho amigo engravatado e dono de um bom emprego numa das maiores companhias do mercado. Não só a mãe dela conhecia pessoas importantes, afinal. Para encerrar o encontro, pediram sobremesa, tomaram café e até um licor que havia por lá; tudo pago. Na hora da despedida, apertaram-se as mãos com um sentimento genuíno.

Ele se lembrava de ter saído leve do primeiro almoço. Estava com a consciência tranquila; fora absolutamente profissional. Ao falarem da licitação, haviam sido imparciais, cerimoniosos. E ele adorara o reencontro com o amigo de juventude.

Nos dias seguintes, passado o efeito da bebida e da descontração, alguma culpa ainda lhe batia: "O verdadeiro filho da puta sempre é um cara legal", lembrou-se do pai dizendo. Embora tivesse gostado do almoço, de falar da vida boa de antes, compenetrou-se de que, até a entrega do seu laudo parcial, até estar feita a parte que lhe cabia na licitação, precisava continuar atento. Cautela nunca é demais, sobretudo com o dinheiro dos outros.

Isso não os impediu de se encontrar mais duas ou três vezes, para um chope no fim da tarde. Nessas ocasiões, quando falaram de trabalho, continuaram sendo discretos, e os temas das conversas novamente giraram em torno do que tinham vivido antes, na outra cidade, ou do que faziam nas horas vagas, com suas respectivas famílias.

Era bom ter um amigo além dos colegas de departamento, afinal. Mesmo que alguma cooptação maluca pudesse ter passado pela cabeça do outro, certamente já desistira de arriscá-la. Os dois podiam — "Por que não?" — ter uma amizade sincera. Entenderam-se, o técnico supôs, pelo que não era dito. Cumpriam resguardo localizado, que só duraria enquanto ele checava uma cota mesquinha de tecnicalidades nos equipamentos concorrentes; sem favorecimentos, mas sem deixar a culpa injustificada paralisá-lo dessa vez.

Sua fantasia ruim, ele concluiu, tinha mais a ver consigo mesmo, com a sua vida, do que com o sujeito e a concorrência. A desconfiança que sentira havia sido um excesso de zelo, subproduto do vício nacional; a deformação de um funcionário público não deformado.

Até que um belo dia, quando ele já se encontrava inteiramente desarmado, a proposta veio:

"Você não precisa fazer nada. Só ir me passando os resultados dos testes à medida que eles forem sendo feitos e me dar uma cópia do relatório técnico final, ou pelo menos dos laudos parciais que você conseguir."

Ao falar, o sujeito dera à frase uma leveza que ela não tinha, e terminou enfatizando:

"É muita grana."

A proposta pairou no ar, densa e sinuosa como a fumaça do cigarro que seu corruptor fumava com a mesma sofreguidão de sempre.

Enquanto falava, o sujeito olhou bem nos seus olhos, intuindo-o por dentro como uma cartomante, querendo a mais fiel leitura de suas reações. Não deve ter conseguido muita coisa, pois para ele mesmo fora difícil saber o que estava sentindo. Até aquele instante, enquanto se despedia da filha dormindo, talvez não soubesse dizer. Por que ficara tentado? Quais as implicações? Um ótimo dinheiro, sim, mas seria só isso?

De qualquer modo, a tentação em sua cabeça cresceu. Ele mergulhou num pântano de questionamentos éticos. O medo e o desprezo, dois sentimentos em tese incompatíveis, na prática fundiram-se em relação àquele amigo e a si próprio. O orgulho de sua conduta impecável no emprego, já fazia algum tempo, tornara-se um movimento patético, um giro no vazio, como o das rodas de um automóvel capotado. Não gostava da sensação de ser manipulado pelo chefe que o boicotava, mas também não gostaria de sê-lo por alguém de fora. Será que seus mínimos gestos haviam sido estudados desde o início? Nunca, até aquele momento, se imaginara disposto a aceitar proposta alguma. Como o outro podia conhecê-lo melhor do que ele mesmo?

Instantes depois de largar a bomba, o sujeito olhou-o ainda mais fundo nos olhos e disse: "A vida é curta. Você está aí, todo infeliz, sem perspectivas...".

"Mesmo assim", ele pensou. Nunca se imaginara tentado. E não soube o que dizer. Bebeu um copo d'água inteiro de uma vez, percebendo que suas mãos tremiam de leve.

"A gente é amigo ou não é?", o sujeito perguntou, antes de

tomar um gole cuidadoso do vinho que pedira, segurando com os dedos grossos o copo tingido de vermelho pela bebida. "Você tem família, não pode pensar só em você", ele falou, e deu uma tragada no cigarro. Aquele homem era a autoindulgência encarnada, farejando a divisão entre o marido e a mulher.

O técnico respondeu qualquer besteira inócua, com a boca mole e a cabeça travada. Não sabia para onde olhar, nem o que fazer com as mãos, nem como deslocar pelo espaço o corpo imenso que tinha. Quando o sujeito pagou o restaurante, como sempre pagava, sentiu-se mais constrangido do que nunca, ao perceber que já vinha sendo subornado sem nem sentir. Esboçou o gesto de puxar a carteira, mas o outro foi taxativo: "Nada disso. A conta é minha".

Naquela noite, na seguinte, e nas noites depois, até os testes do equipamento realmente começarem, e também nos dias que antecederam os primeiros resultados parciais, o que o atormentou foi uma espécie de culpa antecipada. A culpa por estar em dúvida, e em segredo. Mas sua revolta contra a ganância cotidiana foi se revelando proporcional à vontade subterrânea de ganhar dinheiro, farto e fácil; uma turbina de liberdade girando cada vez mais rápido.

A proposta do sujeito lhe fez ver, com uma clareza inédita, que a sua felicidade estava em não ser escravizado pela obrigação de ser feliz, ou melhor, feliz nos padrões da mulher e da nova cidade em que moravam. Tais modelos de felicidade legitimavam a diária atividade ansiosa, a maldição cotidiana. Para ele, no entanto, ser feliz era outra coisa; era ter a liberdade que só os miseráveis por opção e os milionários podiam ter, se soubessem aproveitá-la, dizendo "Não preciso de nada", ou "Tenho tudo de que preciso".

Ele conviveu com o dilema e o remorso antecipado durante algum tempo. Mas logo que os testes foram iniciados e os primeiros laudos saíram, por via das dúvidas começou a montar um pequeno dossiê, anotando cada resultado, transcrevendo comentários, xerocando os papéis que conseguia, sem chamar nenhuma atenção.

O que nem ele nem seu corruptor podiam saber, quando a proposta tinha sido feita, era que, por sorte, o bem público não haveria de ser lesado com a vitória da empresa para a qual o sujeito trabalhava. Os testes iam mostrando que seu equipamento era mesmo o melhor. E à medida que isso acontecia, o técnico foi se acostumando à ironia de estar prestes a agir errado, sim, mas pela empresa certa, o que mudava tudo de figura.

Neste caso, não estaria se rebaixando. Ele desmontou aos poucos o escrúpulo contra o ato de receber dinheiro e até achou certa graça na ambiguidade de tudo aquilo: estar ética e tecnicamente obrigado a recomendar o produto de quem o corrompia.

Havia ainda outros atenuantes fundamentais: sua "recompensa" viria dos cofres do fornecedor, não do dinheiro público; não participaria de nenhuma decisão; faria apenas o seu trabalho e, no simples contato rotineiro com os colegas, ou informalmente, com o pessoal da administração, descobriria tudo o mais que precisasse para retransmitir ao sujeito; estava fora da negociação financeira do contrato, cabendo ao presidente fazê-la, ou seja, o contribuinte não levaria por culpa sua nenhum prejuízo. Ele apenas receberia um "por fora" para cumprir a mais técnica obrigação.

Afinal, era obrigado a pagar inúmeros serviços que, por lei, lhe deveriam ser oferecidos de graça pelo Estado, como a escola da filha e o plano de saúde da família. O que era isso, senão a apropriação indevida, com a complacência do poder público, do dinheiro de um particular por outro? E se as autoridades permitiam que isso ocorresse para o bem dos seus credores, se todo mundo achava justo que fosse assim, que mal havia em permiti-lo a seu favor?

Durante aquelas semanas, ele reenquadrou a proposta que recebera. Sendo o dinheiro obtido com a corrupção usado para mudar a vida na direção do bem, então não era pecaminoso. Só não cometeria a burrice de continuar trabalhando depois. Se o fizesse, aí sim seu ato deixava de se justificar, pois se revelaria motivado não pelo desejo de liberdade, mas pelo desejo de mais dinheiro e de mais poder, algo que para o técnico não era digno. Para que ganhar a corrida, senão para abandonar as pistas antes de a sorte virar? Se não fosse para acabar com a humilhação diária do expediente, de que servia se rebaixar? Para ele, não haveria segunda vez.

Teria dinheiro para todos os desejos da mulher (alugar um apartamento maior, num bairro melhor, fazer viagens etc.), e cessariam as cobranças domésticas; teria dinheiro para levar uma feliz vida de pobre, ficando mais com a filha na hora que bem entendesse, despreocupado e sem outra ambição além de ser dono do próprio tempo; teria dinheiro até para pagar a aposentadoria dos pais. De quebra, talvez o pai o perdoasse por ter se distanciado da mãe, da cidade onde nasceu e dele, pai; talvez a mãe e ele, filho, pudessem ter a alegria de se ver mais vezes; talvez até a mulher se convencesse do caráter falso e mesquinho de sua ascensão social programada, da inutilidade do esforço que vinha fazendo, e obrigando-o a fazer, do equívoco que é uma vida na qual quanto mais se ganha mais se gasta, como se o apetite aumentasse à medida que se come.

Na mesa de cabeceira, o homem viu o porta-retrato com a foto que tirara da filha na matinê de um baile de Carnaval, fantasiada de bruxinha. Ele sorriu, sentindo-se mais forte. Seus propósitos eram bons, seus atenuantes, perfeitamente legítimos. Em seguida, olhou para a pasta na qual estavam guardados todos os documentos clandestinos e as informações de interesse do corruptor.

Dali a pouco, comprado pelo amigo dos velhos tempos, ele receberia o equivalente à completa alforria. Quando seu desvio de conduta estivesse configurado, aí sim ele poderia gozar de total liberdade.

8:25

Até a hora impressa nas passagens de ônibus, o tempo que vai transcorrendo não diferencia o pai, a mãe e a filha. Apenas transcorre, ou melhor, os atravessa, feito uma radiação. No entanto, cada um dos três vive o mesmo intervalo cronológico de um jeito muito diferente. A filha, em relação à viagem, embora inclinada a tomar o partido do pai, mantém uma neutralidade prudente. Impossível arrancar dela uma demonstração categórica de sua vontade. A mãe, por sua vez, engole a raiva, ora resignada, ora agressivamente. E quanto ao pai, desde o início do escândalo mergulhado em tristeza, ele se agarra, para não afundar, à ideia do renascimento no passado. Por isso forçara a opção pela viagem até aquele ponto, mesmo quase sem energia para tudo o mais.

A mulher precisa descontar em alguém o nervosismo e, como o marido é quem está por perto, ela sabe que a melhor forma de agredi-lo é adiar a confirmação de seu voto de lealdade — muito embora a passagem esteja comprada, o horário do ônibus esteja chegando e a ideia de continuar no balcão da lanchonete lhe cause verdadeiro horror. Está disposta a torturá-lo, como ela se acha torturada, até o fim, até o último passageiro subir os degraus do ônibus e sentar na cadeira, até o grito possível enquanto o ônibus não pegar embalo na estrada.

A mulher, portanto, recusa o convite do marido para dirigirem-se à plataforma. Diz: "Ainda tem tempo, falta meia hora" e indica a filha com o queixo, acrescentando: "Deixou dormir, agora aguenta". Ele assente; está certa, está certa em quase tudo, quase sempre.

Misturam-se no marido e na mulher a angústia e a expectativa de saber se ela terá realmente coragem de sacrificar sua vida presente em nome da família. Mas ambos sabem que a dúvida do momento é apenas um primeiro ponto de decisão; outra coisa será ver o desdobramento dessa decisão no tempo. A possibilidade de fazer meia-volta e acabar ficando é muito real, mas isso talvez seja melhor do que vê-la definhar na velha cidade, infeliz e com seus sonhos abortados.

A mulher pensa então que adoraria torturar o amante também. Era outro que, do seu ponto de vista, bem merecia um castigo. No entanto, se ele simplesmente não desse as caras ali, já se daria por mais que satisfeita.

O marido, mesmo sabendo que a firmeza, na família da esposa, é um fenômeno hereditário, não se contém e arrisca, fora de hora e de lugar: "Como é que ela, a sua mãe, vai me receber?".

A mulher, surpresa de ele voltar ao assunto, como se a pergunta do marido ofendesse a sua inteligência, responde com um olhar enfurecido, que se prolonga. O marido não o suporta muito tempo.

"Você quer que eu adivinhe?", ele pergunta, realmente querendo saber e sem se dar conta, por mera falta de noção do perigo, do quanto suas palavras podem ser interpretadas como um desafio.

"Minha mãe é minha mãe", a mulher solta, em tom de profecia.

Ele assente outra vez; certas frases são sábias demais para que a conversa possa continuar. O marido observa-a com um tipo de admiração masoquista. Sua soberania o deixa orgulhoso dela e, por um instante, feliz por ser subalterno. Ele admite que seria bom, num golpe de sorte, solucionar o bendito mistério da força feminina. Onde ela nasce? Do que, exatamente, é composta? Por uma associação cruzada de pensamentos, o homem se lembra da última vez em que se olhou no espelho, no apartamento vazio, com a barba por fazer, a cara de cansaço e humilhação.

"E você... vai perdoar?"

A mulher o encara com superioridade, incomodada por sua coragem, e responde com um monossílabo ininteligível, mas altamente expressivo, que o marido acata com um suspiro.

De cabeça baixa, ele afaga os cabelos adormecidos da filha em seu colo. Então vê um tremor nas pálpebras delicadas, uma estreita fissura naquela invejável inconsciência, e assiste, silencioso, à evolução do seu despertar. Os olhos da menina ficam semicerrados por alguns momentos. Ela intui o carinho do pai e se mexe, acomodando-se melhor. Entreabre os olhos pela primeira vez, fechando-os rapidamente. Em seguida, um longo bocejo faz avançar a realidade, uma piscada tripla focaliza tudo um pouco mais e, por fim, as mãos pequenas e macias espremem do rosto os vestígios do sono. Ela abre os olhos aquecidos, enxergando bem de perto o pai, que a olha de volta, fazendo um grande esforço para sorrir com doçura. Ainda deitada, a filha gira o corpo à procura da mãe. Há um novo encontro silencioso entre as duas. Por fim, a menina vê o relógio de quatro faces, pendurado acima de suas cabeças, marcando o tempo dolorosamente.

"Perdoar foi fácil", a mulher retoma a conversa. "O difícil é pagar por um crime que não cometi."

A força da expressão o abala. A mulher não deveria falar assim na frente da criança. Ele não se vê como um criminoso, por mais que entenda o significado de seu ato, e já se martiriza o bastante.

"Você odiava seu trabalho, mas eu adorava o meu", ela acrescenta.

"Você ama aqui, eu odeio; ama o trabalho, eu odeio; adora sua chefe, eu odeio o meu... ele me odeia...", responde o marido.

Ela, ao ouvir aquilo, hesita, mas enfim encontra a resposta adequada.

"E por que será que o seu chefe te odeia tanto? Você já parou para pensar nisso?"

O marido não responde. É odiado simplesmente por ser como é, e por reprovar a dinâmica do grupo político hegemônico na estatal, embora tenha sido apadrinhado por ele.

"Você acha que justifica botar a nossa vida de pernas para o ar só porque você não gosta do seu chefe?", a mulher pergunta, desacreditando os argumentos do marido.

Ele acusa o golpe. Além dos danos indiretos — os quais, enquanto tomasse chumbo da justiça, da empresa e volta e meia até dos jornais, fatalmente se estenderiam à esposa e à filha —, piores eram os danos diretos na vida delas. Tiveram de sair de onde estavam, emprego e escola, perderam os amigos, e precisarão refazer tudo isso em outro lugar, que a mulher odeia e a filha conhece apenas de ir passar as férias. Pior do que ter visto todos os colegas se virarem contra ele, do que as vergonhas públicas, do que a desilusão profissional e a crise moral era a culpa de haver colocado em risco a continuidade da família. Ele se consola miseravelmente ao pensar que sua autorrecriminação é proporcional ao malfeito; sentir-se culpado o ajuda a conviver com a culpa. Mas tem absoluta certeza de que há muito tempo não suportava mais a vida como ela era. Se voltasse no tempo e pudesse tanto recusar o suborno ou aceitá-lo com cem por cento de segurança, o que faria? Ele, no fundo, teme enxergar dentro de si a vontade de aceitar o dinheiro outra vez.

"Fiz... tudo pensando em vocês", é só o que consegue dizer.

"E devolver o dinheiro, virar réu confesso sem nenhuma necessidade, também foi pensando em nós?"

A filha, que os ouvia em silêncio e imóvel, de repente quebra a linha de pensamentos do pai, depositando-lhe nas mãos a boneca de pano e descendo do seu colo. Ele a segura pelo braço e se curva até ela: "Aonde você vai?". Esperta agora, a menina sorri, apontando para um grande grupo de pessoas, a alguns metros de distância; dois ou três núcleos familiares juntos, também na iminência de uma longa viagem.

E o pai vê, naquele grupo, seis crianças mais ou menos do tamanho da filha, brincando com um gato recém-nascido no chão da rodoviária, um pequeno gato branco, manchado nas costas de preto, bege e amarelo, com bigodes compridos e orelhas grandes demais para o seu tamanho.

Um dos meninos, que tem nas mãos um misto-quente, trazido minutos antes por uma das tias, belisca o presunto e corta-o em lascas. Dá os filezinhos rosados e salgados para o bichano faminto e depois, com uma risada nervosa, acompanhada por todas as outras crianças, deixa a pequena língua áspera lamber a gordura de seus dedos.

O pai e a filha observam de longe, e ele sorri, invejando a infância.

"Quer ver o gatinho?", ele pergunta, agachando-se até a filha. A menina, sem uma palavra, confirma com a cabeça. Delicadamente, é incentivada pelo pai a vencer a timidez e caminhar até as crianças. "Vai, meu amor."

O pai fica feliz em ver que o comportamento excessivamente tímido da filha, em geral tão delicado e controlado que até a impede de expressar seus desejos, deu à menina um alívio momentâneo.

O marido se ergue e olha para a mulher. "Ela...", começa a explicar, mas não termina a frase, "Ela...", não consegue mesmo chegar ao fim. A mulher viu, ouviu e entendeu tudo.

"Você é muito mole mesmo."

Ela procura se acalmar, fingir naturalidade, e senta novamente num dos bancos da lanchonete. Mas a raiva e a aflição falam mais alto. Encarando-o, pergunta: "Você achou mesmo que o dinheiro do suborno ia mudar a nossa vida?".

O marido a encara de volta, mas tem um olhar defensivo, magoado, infeliz.

"Já mudou", ele responde.

"Só se for pra pior. Daqui a pouco, nós dois estaremos presos. Você, na cadeia, e eu..." Ela interrompe a frase, como se a cidade onde tinham nascido não merecesse a mínima gota do ar em seus pulmões. Está irritada, ou melhor, furiosa, com a audácia dele em distorcer os fatos a seu favor.

"Com a diferença de que você, na sua prisão, não vai ter de pagar as contas", ela arremata, enfim.

Ele abaixa a cabeça, fulminado. A mulher, num movimento simultâneo, ergue as sobrancelhas e dá de ombros, como se a fragilidade que o imenso corpo do marido acaba de expressar merecesse desprezo. Ela fica olhando em volta, obsessivamente à procura do amante. Como não o encontra, volta suas baterias de novo na direção do marido:

"E você acha mesmo que fugir resolve?"

Diante dessa pergunta, ele constata — e isso o entristece profundamente — que nenhuma das conversas até agora, nenhuma explicação, nada pôde convencê-la de que a decisão de sair da cidade grande demais, de se livrar do maldito dinheiro e voltar para outro tempo e outro espaço, apenas indiretamente tem a ver com o escândalo, com os processos na justiça, com a hipocrisia estatal, a arrogância da imprensa e a crueldade dos ex-colegas. Na verdade, deveriam ter voltado antes e pelos motivos certos: a vida mais tranquila, saudável, regrada, longe da violência e da miséria, a vida mais deles e menos da velocidade da agenda, do trabalho pelo dinheiro, do dinheiro pelo consumo.

"Você não gosta de viver", a mulher afirma, num tom categórico, "gosta de idealizar. Quem sabe viver nunca diz que já chega."

Enquanto o marido pensa no que ouviu, enquanto a mulher observa-o para medir a dor que provocou, a filha anda em direção à roda de crianças, admirando de longe o pequeno filhote de gato.

Quando chega perto, para. As crianças acariciam o bicho, disputam-no, sem tomar conhecimento dela, mas duas das mulheres adultas reparam na menina e, adivinhando o que a trouxe até ali, convidam-na a brincar com o gato e com as crianças. Estas, então, escutando a voz das mães e das tias, se entreolham e examinam a recém-chegada, que espera uma confirmação do convite. Um dos meninos finalmente empurra a prima que está a seu lado e abre espaço na roda. A recém-chegada arrasta os pés para mais perto, sem expressão no rosto, sem falar nada, e ocupa o lugar.

Abre um primeiro sorriso ao sentar, tímida e profunda, enquanto se lembra do gato que tinha até uma semana atrás. Fora obrigada a dá-lo para uma vizinha, após os pais decidirem voltar à cidade onde moravam seus avós — ela conhece a cidade, gosta de passar as férias e os feriados lá, gosta muito das casas dos avós e deles, e confia no pai, quando diz que "vai ser melhor", mas está assustada com a mudança e pressente a raiva contida na mãe.

Poucos minutos depois, todos os adultos na grande família

desconhecida levantam das cadeiras ou das muretas onde sentavam e começam a recolher as bagagens, pendurando alças em seus ombros e braços, preparando-se para seguir rumo à plataforma de embarque. Os meninos e as meninas que compunham a roda também ficam de pé, compelidos sob as vozes dos adultos, mas relutam ainda em abandonar a brincadeira viva. A recém-chegada fica onde está, atenta.

Um dos garotos, o que lhe dera espaço na roda, coloca o gato em seu colo e pede: "Você cuida dele?". Ela, com a cabeça, faz que sim, e abraça o filhote. Seu pelo é todo manchado e seu olho esquerdo é enfeitado por uma área preta, dando-lhe um ar quase humano, engraçado e digno de piedade ao mesmo tempo. A família e suas crianças vão embora. Quando já está sozinha, após algum tempo brincando, a menina se levanta do lugar onde ficava a extinta roda e sai com o filhote nos braços.

Ele é bem mais dócil que o outro gato que a menina tivera. Talvez esteja desnutrido, ou anêmico, talvez tenha apenas uma natureza carente, perfeitamente adequada à dela, mas o fato é que se deixou passar de um colo para o outro sem fazer qualquer sinal de que preferia ser posto no chão e se movimentar livremente.

Na lanchonete, o marido compra um cigarro avulso, que o rapaz do balcão acende prestativo. Havia parado de fumar, tempos atrás, por insistência da mulher (que entretanto fumava), mas, com o incentivo do sujeito que o corrompera, e diante de tudo o que está acontecendo, os males do vício ficam insignificantes, até risíveis, enquanto seu efeito calmante torna-se indispensável.

A mulher continua a conversa, batendo firme, para suportar a própria angústia e o suspense do momento:

"Você acha justo que eu seja punida também?", ela pergunta, e o encara por um tempo, esperando uma resposta que não vem.

Ele dá uma tragada profunda, seu olhar esbarra novamente

na mancha de ketchup, borrada sobre a camisa. Está confuso, a mulher vê, e aproveita:

"Eu vou ser infeliz lá, você sabe."

Ela abaixou o tom, por mais dura que seja a cobrança, o que ele interpreta como um pedido de desculpas pela virulência de antes. Então sente-se autorizado a dizer alguma coisa também:

"Eu, aqui."

A mulher reflete um pouco sobre a extensão daquela resposta. Não sabe se ele está falando do passado ou do presente. Sempre foi infeliz na cidade grande? Será que é verdade? É mesmo uma questão de filosofia de vida? Ou é uma infelicidade de agora, quando seus fracassos já culminaram em dois processos contra ele, um de corrupção passiva e outro de peculato, no afastamento do trabalho, na confissão de culpa, na humilhação imposta pelos seus únicos amigos?

A mulher pensa, num estalo, que, se ele não era capaz de viver em outra cidade, então foi besteira imaginar que o casamento pudesse dar certo. Mas ela recusa essa hipótese; sabia muito bem, desde sempre, que tipo de homem o marido era, e sabe muito bem o tipo de homem no qual desejava transformá-lo. Nunca achou que fosse impossível; faltou empenho da parte dele, isto sim.

Ela entende o sentimento de humilhação do marido, sua vergonha, seu desejo de voltar para onde espera se reconhecer, livre, limpo e amado, onde o veem como honesto, como realmente é — ela entende melhor do que ele imagina. Seu problema é que nem por isso consegue aceitar a rotina de antigamente. Cobiça outra vida, uma que não está pronta, mas que poderia ter sido construída, talvez ainda possa. A mulher precisa achar que sim. Uma última esperança, se desfazendo a cada minuto. Ela agora compreende que, para certas pessoas, o passado demora muito mais a morrer, e volta e meia ainda se coloca à disposição para ser ressuscitado, feito as múmias, os vampiros e os monstros dos filmes de terror. Custa a acreditar que o marido deseje exatamente isso. Ela, mesmo com o bilhete da passagem na mão, no fundo não consegue admitir.

"Vai dizer que você preferia nunca ter vindo?", a mulher pergunta, rispidamente.

Ele pensa muito antes de responder:

"Não sei."

Por instantes, em silêncio, o marido desvia o olhar para o céu, onde finalmente as cores do dia vão se alastrando e expulsando o cinza frio da manhã.

"Pode ser que abra o tempo", ele diz, numa fuga simplória da conversa.

Então se dá conta de que a boneca da filha caiu no chão e, após abaixar-se para pegá-la, olha na direção onde está a menina, apenas alguns metros além, brincando com outras crianças e o filhote de gato.

Contudo, no meio de tanta gente, de tantos problemas, ele não a vê mais.

8:25

Enquanto anda, o amante vai identificando os tipos na rodoviária — o sujeito na cabine do estacionamento, distribuindo os canhotos ainda com cara de sono; a mulher de colante, com as dobras de carne empilhadas por baixo das estampas; o homem bebendo desde cedo, com dois braços esculpidos no trabalho pesado; a menina que o olha sem vergonha; o desocupado de plantão, perambulando; um grupo de adolescentes mochileiros classe média alta, fingindo que não ligam para o luxo e o conforto de suas casas paternas, enquanto se dirigem a um arraial primitivo do Nordeste, onde o mar é uma placenta vazia e morna sem começo, meio e fim; o carregador desocupado com seu uniforme amarelo, quepe antiquado e olhar de infinito; os motoristas de táxi abordando as pessoas cheios de falsa gentileza; os vendedores das empresas rodoviárias, engaiolados, aflitos diante de pequenos monitores, batendo a ponta de canetas Bic nos vidros grossos de suas cabines e interpelando quem chega perto, como se pedissem ajuda para saírem dali, mas na verdade concorrendo uns contra os outros no anúncio de destinos, horários e ônibus-leitos ou convencionais.

O amante tenta se ocupar com esses retalhos de vida para não pensar no que está fazendo ali. Se pensar, dá meia-volta e sai correndo; bem que gostaria. Mas ele, a mulher e o marido, com seus ponteiros desarticulados, não acompanham o ritmo dos tempos; o casamento dela tivera seu fim decretado por instâncias superiores.

A mulher realmente havia mencionado que sua mãe a aconselhara a ficar na cidade. Daí a prever o que isso significava... Como ele poderia, se a mulher escondeu o fato de que contara sobre o caso que tinham? O amante acha normal ela ter pedido conselhos à mãe, discutido o dilema entre as duas cidades, entre o marido e a vida profissional. Todo mundo faz isso. Mas precisava envolvê-lo? Foi mesmo muito ingênua, ou então não conhecia a mãe direito. Foi ingênua e imprudente, pois, sabendo que a velha era amiga do deputado, do chefe dele, não poderia jamais ter feito algo assim sem consultá-lo, ou no mínimo sem avisá-lo. Se tivesse guardado segredo, o amante não estaria ali agora, e sua opção pela viagem e pelo casamento poderia se efetivar. Ele preferiria mil vezes andar por aí carregando malas de dinheiro. Mas o bom assessor político é pau para toda obra e, como o deputado dizia, "o 'não' é apenas um barulhinho que vem antes do 'sim'".

Quando a mulher e o marido, recém-chegados na cidade, o convidaram para jantar, o futuro amante aceitou para, indiretamente, fazer uma média com o deputado, sendo amistoso com a filha de sua apoiadora mais antiga, que o ajudava desde os tempos de vereador, no coração da sua base eleitoral. Então a roda começou a girar. Logo entendeu quem mandava na casa. Passado o tempo, em alguns encontros casuais no clube dos funcionários, ele notou que a diferença entre os dois havia aumentado. A vida nova fizera bem à mulher, que se fortaleceu e ficou mais bonita. Quando começaram a ter um caso, o amante por pouco não se apaixonou. Durante algum tempo, viveu mesmo com intensidade os encontros nos dias "úteis", na hora do almoço, as escapadas no fim de semana, quando despistavam as respectivas famílias, os períodos alugados nos motéis; e realmente saboreou a voz dela, seus gestos, as expressões de seu rosto, a maneira como fumava, andava, escovava os dentes nua, debruçada na pia, na ponta dos pés, com a bunda levantada, e como abotoava o sutiã nas costas, com seus dois braços finos e seu tórax esguio em perfeita sincronia, espetando os peitos no ar, duas ogivas perfeitas. Sentia por ela um amálgama de tesão, afeto e autêntica admiração. Se quisesse, teria se apaixonado. Mas não quis, não quer.

Nunca havia cogitado realmente ficar com aquela mulher. Já tinha seu casamento e não queria começar tudo de novo. Só que não adiantou nada dizer isso para o deputado. Pelo contrário, ao contra-argumentar o amante entendeu o quanto era inútil tentar convencê-lo a não atender o pedido da velha amiga. Estava na cara, mas talvez nem a mulher soubesse que, no passado, a proximidade entre a mãe dela e o deputado fora muito além da política.

Bem que o amante tenta controlar os nervos. Mas é difícil não pensar no estrago que irá causar. Quem poderia imaginar que a mãe dela, uma vez sabendo de tudo... Uma coisa, ele supõe, é aconselhar a filha a enfrentar a decisão do marido, ou até pressioná-la nesse sentido. Outra, muito diferente, é acionar o deputado, colocá-lo a par do caso entre a filha e seu assessor, e pedir-lhe que entregasse ao amante a missão de convencê-la a ficar na cidade. E outra muito pior ainda é, como último recurso, despachar o amante para a rodoviária feito um anjo do mal, para jogar a merda toda no ventilador. "Mãe é mãe, né?", disse o deputado na véspera, quando o assessor estranhou aquela ordem.

Primeiro ele fora obrigado a continuar forçando encontros, insistindo para ela abandonar o marido e não aceitar o projeto da volta. Tentara fazê-la desistir da viagem enumerando os prejuízos e os retrocessos que provocaria em sua vida. Só que não conseguiu muita coisa, pois a mulher era inteligente o suficiente para dimensioná-los sozinha e sua infelicidade já havia contornado essas barreiras racionais. Ele então apelou, com promessas de apoio financeiro. Não falava em casar, mas dizia com todas as letras que a ajudaria a se manter se terminasse com o marido. Aqui e ali insinuava fantasias mais românticas, imaginando que a cabeça dela trataria de completá-las. Sentia-se um crápula, mas fazer o quê?

O amante nunca estaria ali na rodoviária por vontade própria. Não correria tanto atrás de ninguém. Está se metendo onde não é chamado, sabe disso. Mais cedo naquela manhã, pelo telefone, ele e a mulher haviam chegado inclusive a se desentender.

Se há um atenuante para o mal-estar que sente é a convicção de que entre ela e o marido já não existe mais nada, nenhum sentimento. Já a conhece muitíssimo bem, e não se conforma com a teimosia que é prosseguir com a viagem. Ela está paralisada, por uma vez na vida, mas a paralisia há de ser passageira. Seu temperamento, que o amante soube detectar logo no início, está momentaneamente entregue, mas não por amor ao marido, ou por um grande talento para a maternidade, e muito menos por uma real intenção de voltar para trás. Uma série de fatos alheios aos seus desejos explica isso, dentre os quais sobressaem-se, é claro, a decadência financeira dos pais e o escândalo que levou o marido a jogar tudo para o alto. Portanto, embora ela o condene num primeiro momento, o amante torce para que no futuro a mulher ainda lhe agradeça pela intervenção. Mesmo tendo a certeza de que não está nem um pouco disposto a sacrificar sua outra vida inteira por causa dela, acha que é possível esse desfecho positivo. Acredita na capacidade dela de ver o mundo como ele é. Foi essa virtude que os aproximou, afinal de contas.

O amante procura conciliar seu instinto defensivo, o princípio de autodeterminação e a tarefa de evitar a partida da mulher. É exatamente disso que precisa. Acontecia muitas vezes assim. O deputado dava uma ordem que lhe parecia moralmente condenável ou mesmo ilegal. Ele obedecia sob protesto interior, remoendo argumentos prós e contras. Aos poucos, a realidade então ia se amoldando aos argumentos prós, suas inseguranças iam ficando mesquinhas diante do bem maior que resultava do tal ato supostamente condenável; sua culpa e seu medo iam diminuindo, perdendo força, até desaparecerem completamente. Ali na rodoviária, o amante luta para pensar direito, isto é, a longo prazo. Num primeiro momento, ele repete, a mulher vai sofrer, mas todos — a mãe, o deputado, ele próprio — querem apenas o seu bem. Ela precisa se livrar de um homem que só lhe atrasa a vida. Pode ficar com a filha na cidade, sob a proteção direta ou indireta do deputado. Dará uma vida melhor para a menina e, no plano coletivo, poderá contribuir, quem sabe?, para o reequilíbrio financeiro da sua família de origem. Isso é pensar politicamente.

As recriminações por ser o corpo estranho atacando um organismo familiar o amante rebate com o argumento de que está agindo a favor da felicidade dela, e não egoisticamente contra, como o marido, ao impor essa viagem ridícula.

A mulher, com certeza, está na dúvida se ele realmente vai aparecer, se de fato criará tamanho escândalo. O amante imagina-a preocupada de várias maneiras: sôfrega, urgente, disfarçando a excitação com curiosidades detalhistas e falsas; ralhando com a filha, com o marido; silenciosa, mal-humorada, de semblante carregado; incapaz de esconder a ansiedade e a dúvida, tão temerosa do desastre que deve ter começado a preferi-lo ao próprio temor.

Uma coisa o amante não admite por completo, mas resvala em sua consciência. O fenômeno ativo dentro dele é o mesmo que levou o marido a aceitar o suborno, um certo sentimento de onipotência. É quando isso fraqueja que as incertezas mordem mais forte. Estaria ali pela frustração de perder o divertimento extraconjugal? Ele acredita que não. Ou por medo de se arrepender, sofrendo a nostalgia do não feito, que lhe exigiria satisfações pelo resto da vida? Também não. Precisa acreditar no juízo que todos, não só ele, fazem da situação. Além disso, as fronteiras entre certo e errado, em um caso de corrupção como o do marido, são bem mais nítidas e legalmente formalizadas que num caso amoroso. O ditado não diz que um crime é sempre um erro, mas nem sempre um erro é um crime; pois então?

Ele já avaliara mil vezes os riscos que corria indo até a rodoviária, e chegara à conclusão de que eram pequenos, ou mesmo hipotéticos. O maior perigo, claro, é a mulher devolver na mesma moeda, ou seja, contar tudo para a sua legítima esposa. Mas a principal salvaguarda contra isso é o gênio orgulhoso dela, que a impedirá de fazer algo parecido. Por mais que sofra no início, logo perceberá as vantagens de se livrar do casamento. E mesmo que o pior acontecesse, bastaria desacreditá-la, alegando que tudo não passa de uma vingança por ele ter deposto contra o seu marido.

Marcando presença ali, porém, mais do que forçá-la a abandonar a família, o amante gostaria de fazê-la recuperar a força, a autonomia e a capacidade de dominar psicologicamente o marido. Assim, a separação seria uma decisão pessoal, condizente com a sua história, e não uma interferência extraordinária. Tudo o que o amante conhece dela lhe dá a certeza de que, confrontada com uma situação-limite, a mulher reencontrará sua fibra.

Antever a reação do marido é ainda mais simples. Se ele, numa afirmação de personalidade quase inimaginável, também tentar atingir a sua vida pessoal, o mais fácil do mundo será mostrar que seu ex-subordinado está fora de si, posto contra a parede pela justiça e cheio de motivos para atacá-lo. Mas nem isso vai acontecer. Seu temperamento essencialmente subalterno, que o amante conhece muito bem, certamente jogará contra ele. O fator surpresa vencerá com folga a lentidão de suas reações. Ele ser grande não assusta, e do buraco onde se encontra jamais conseguirá prejudicar alguém.

A verdade é que o marido dela é corrupto. Não importa se os resultados dos testes vieram a público justamente para denunciar o favorecimento da estatal a outra empresa que disputava a concorrência. Quem mandou se meter em algo muito maior, dando munição para o inimigo? Agora ficou no meio do fogo. Ele e a fornecedora derrotada podem morrer tentando provar qual dos relatórios técnicos é o verdadeiro, mas não vai adiantar. O deputado precisava garantir sua volta ao Congresso nas próximas eleições, e para isso era fundamental ter financiadores capitalizados. O amante não tem nenhuma crise de consciência nesse aspecto. Em mandatos anteriores, o seu chefe foi reconhecido como um dos personagens mais influentes no plenário, autor de leis importantes, que beneficiavam, por exemplo, os portadores de deficiências e os idosos. Mesmo agora, como presidente de uma estatal, conserva bom trânsito em todo o meio político e mantém mil e uma iniciativas sociais. Então, qual o problema de montar um esquema para a sua volta? Isso também é pensar politicamente.

Aquele marido não presta mesmo para muita coisa, pensa o amante. Um funcionário público típico, burocrata de si mesmo. Não é que eles não comunguem da mesma concepção de funcionalismo público, ou da mesma visão para o país, simplesmente o infeliz não tem a menor ideia da sua responsabilidade como cidadão e como funcionário do Estado, não está envolvido em projeto nacional de qualquer espécie. É apenas mais um na cambada de aproveitadores incompetentes que amarram o burro na sombra da máquina pública. Do tipo que chega na hora, faz o mínimo possível, passa o dia falando mal dos chefes e, quando chega seis horas, larga o lápis, para imediatamente o que quer que esteja fazendo e vai para casa. Não tem nenhuma qualificação extra e nem corre atrás, não demonstra nenhum engajamento, nenhum entusiasmo, nenhuma consciência do que acontece além da sua tarefa mais elementar.

Desse ponto de vista, o amante considera aquele marido o oposto da mulher. Ele é um ambicioso envergonhado, recalcado, que age nas sombras (e o amante tem certeza disso sem mesmo saber da gravidez "acidental", origem do casamento que vai destruir). Já ela é uma ambiciosa assumida, muito mais digna e honesta. Quando quer alguma coisa, diz que quer, enquanto o marido diz que não, mas vai lá e consegue de um jeito traiçoeiro. Comparativamente, é como se o marido fosse o capitalismo brasileiro, com seu complexo de culpa, e a mulher, o modelo americano, sem medo de ser feliz; ele, na vida, é o lobista tupiniquim, cuja atuação, por hipocrisia, não está sujeita a lei nenhuma; ela é o lobista dos países desenvolvidos, um profissional como outro qualquer, com limites dados pela Constituição; ele é o atraso patrimonialista, sugador, demagógico; ela, o choque de competitividade saudável que faz os indivíduos e os povos andarem para a frente.

O amante encontra assim um novo motivo, real, profundo, para estar ali. Sua presença na rodoviária vai se tornando quase um ato político. Como pessoa e como profissional, gosta de recompensar quem assume a própria ambição e simplesmente trabalha para realizá-la.

Então ele admite um certo prazer em humilhar o filho desajustado do Brasil, pobre, malformado, corrompido e corno até a medula. Muitas vezes, enquanto trepava com a mulher, prestando atenção em detalhes hiper-realistas da cena sexual, cogitava o que o marido sentiria se soubesse, se os visse ali, se ouvisse a mãe de sua filha gemendo com outro homem na cama. O amante sentia um orgulho primitivo, feito o de um macho que, por suas qualidades superiores, rouba na marra a fêmea do adversário. Era uma vaidade um tanto perversa, pensando friamente, mas era também uma vitória ideológica.

Sem entender a sinalização da rodoviária, ele procura um balcão de informações. De que plataforma saem os ônibus para o maldito balneário de suburbanos? Encontra o balcão, afinal, mas está deserto. O jeito é sair perguntando.

A mulher, naquele momento, nem desconfia de que seu outro homem afinal de contas vai mesmo chegando à área de embarque, meio às cegas, meio à deriva, entre as pessoas e as malas cheias de expectativas, frustradas ou não, e de lembranças, verdadeiras ou não. Menos ainda ela concebe que o amante se aproxima com motivações bastante diferentes das que seriam consideradas normais, que ele próprio invocara nos últimos encontros e no último telefonema.

Ele, enquanto avança, continua a se medir com o marido. É inevitável, e a melhor forma de se motivar. Realmente não se vê como um homem igual. Mais do que uma questão de hierarquia social, sente-se humanamente superior. É uma cabeça que ganhou distanciamento, que tem consciência da alteridade. Não se limita a viver o seu papel, pensa sobre si mesmo e sobre os outros; sabe o que as pessoas devem fazer para ser felizes ou, no mínimo, para ser autênticas, responsáveis.

O ser humano, ele pensa, não se divide em cabeça, corpo e membros, ou em genética versus psicologia. O homem está mesmo dividido nas velhas três categorias de sempre — cabeça, coração e corpo —, e o amante conclui daí que o equilíbrio de cada pessoa expressa uma das infinitas formas de desequilíbrio compensado entre esses três elementos, que raramente estão de acordo. Podem estar todos contra todos, ou dois contra um; cabeça e coração versus corpo; coração e corpo versus cabeça, e assim por diante.

É preciso um homem superior, ou uma mulher superior, para colocar as partes em harmonia. E suportar essa responsabilidade. Ela estava se negando a ocupar esse papel, é compreensível, mas, nos últimos contatos, deixara insinuada uma ponta de tristeza caso o amante não desse consequência a suas palavras e não fizesse uma última tentativa de chamá-la à razão. A cada vez que ela passa batom, o amante intui, age movida por uma inteligência fina, inexplicável mas operante; a cada vez que entra no chuveiro e ensaboa os pelos pubianos, feito quem restaura uma imagem preciosa, há uma inteligência funcionando; como quando ela se veste, se perfuma, se arruma no espelho, ou, com um gesto muito característico, joga o cabelo para trás, liberando um perfume existencial que explica quase tudo sobre a sua forma única de equilíbrio entre o coração, a cabeça e o corpo. Essas virtudes precisam ser resgatadas.

Com os pensamentos agitados, o amante alcança as imediações da área de embarque. Enquanto procura o número exato da plataforma, reconhece que as experiências amorosas ensinam o indivíduo a saber quem é, e a saber quem são os outros. Pelo menos sempre tinha sido assim com ele. As paixões foram suas grandes libertadoras, e os melhores acessos aos segredos da natureza humana. Os gestos de força nas relações amorosas haviam-no ajudado, inclusive, a ser forte no trabalho, a não ter medo de exercer a autoridade de chefe. Quando se apaixonou pela atual esposa, distanciou-se de sua família de origem e abriu seu caminho profissional. Mudou muito, virou de fato um homem.

Lembrando disso, encontrou uma última razão para estar ali. Não queria aquela outra mulher o suficiente para virar sua vida do avesso, mas queria ser para ela o que sua esposa oficial havia sido para ele: um fator de libertação. Era uma forma de retribuir ao mundo a sorte que tivera. Gostaria de ver uma mulher a quem admirava tanto ser capaz de superar os condicionantes biográficos e usar sua ambição construtiva para transformar a vida em algo melhor. Seria bom vê-la indo aos ambientes que a interessavam e que tinham tanto em comum com seu jeito elegante; vê-la, enfim, progredindo por seu próprio talento.

Há um potencial destrutivo em qualquer grande esforço de realização individual, mas é inevitável se deixar levar quando chega o momento. A vontade de se autoaprimorar é uma daquelas coisas que não são nem justas nem injustas, simplesmente existem e são onipotentes. Questioná-la seria como questionar, no meio natural, a justiça da cadeia alimentar. Havia chegado a hora de a mulher se ver livre daquele homem que a puxa para baixo.

É nisso que o amante está pensando no exato momento em que avista, ao longe, a placa com o número da plataforma onde ela deve estar com a família. Se não tem o direito de se intrometer em sua vida, ninguém, pelo mesmo princípio, tem o direito de proibi-lo de se intrometer. Assim é a democracia. Somos obrigados a deixar os outros seguirem seu destino, ainda mais quando todos os envolvidos acreditam ter razão. Cada um, enquanto provoca o sofrimento alheio, muitas vezes para plantar a felicidade futura, apenas defende a sua verdade.

De longe, o amante distingue o marido e a mulher ainda do lado de fora da área de embarque, em meio à freguesia da lanchonete. Ela não o vê chegando, embora o tenha pressentido desde bem cedo naquela manhã. O amante respira com força, investiga-se por dentro, repassando todos os seus argumentos para estar ali.

Antes de agir, por simples prudência, decide observar as redondezas, fazer uma espécie de reconhecimento prévio. Se há guardas por perto, por onde pode fugir se perder o controle da situação... No fundo, a meia distância, ele espera que a mulher o perceba primeiro. Talvez, se o vir ali, tudo se resolva naturalmente. Como se apenas sua imagem bastasse para dar a ela as forças de que precisa para fugir da vida sem paixão. Mas a mulher, de tanto agitar seu olhar à procura do amante, perdeu em parte a sensibilidade visual; por uma ou duas vezes olha em sua direção, deixando-o até na dúvida se foi visto, mas logo fica evidente que não, que para ela seu rosto continua misturado à multidão de anônimos rodoviários.

O sol esquenta a manhã, as pessoas já vão tirando seus casacos. Muitas delas, mais pobres, nem sequer os trouxeram, devido à natureza do trabalho para o qual se dirigem, que manterá seus corpos quentes. Preferem trocar horas de um fardo inútil por meia hora, uma no máximo, de frio relativo pela manhã.

O amante sua dentro do casaco. Sente-se adiando o momento e fica incomodado ao perceber isso. Não esperava fazê-lo, ainda mais depois de chegar àquele ponto. Por que essa hesitação? Ele se julga cheio de argumentos para estar ali. O deputado ficaria furioso se soubesse. Então o amante joga a cabeça para o alto, como se de lá pudesse vir um sinal para o início do confronto, mas tudo o que vê é o imenso relógio com quatro mostradores pendurado no teto da rodoviária, marcando 8:24. Nesse momento, ele percebe que seu coração bate acelerado. Em seguida, abaixa os olhos até o chão.

O amante sente mais calor. Olhando para as mãos, acha que está tremendo. Uma saliva grossa lhe escorre pela garganta. O sentido metálico da realidade o atravessa. Ele precisa se controlar, de modo a que a mulher capte a firmeza de sua decisão. Não basta ter chegado ali, é preciso convencê-la de que está disposto a tudo, de que é capaz de amá-la como amou a primeira esposa, assim como ela o primeiro marido.

De tão concentrado em seu próprio ponto de vista, que se

83

desdobra naturalmente até a mulher, o amante consegue expandir sua compreensão até, no máximo, a terceira ponta do triângulo, onde fica o marido que viera desenganar. Mas não atina com a falta de um quarto elemento: a filha.

Instantes depois, claro, quando ergue os olhos novamente em direção ao casal, aí se dá conta da sua ausência; mas contenta-se com esse fato, nem especula o motivo de a garota não estar ali. O testemunho da criança não lhe é necessário. É até um alívio. Nem tinha pensado nisso: a filha iria assistir a tudo! Sem ela por perto, fica muito mais fácil.

E assim a menina linda e loura, naquele instante, sem que o amante perceba, cava um buraco momentâneo entre ele e a mulher.

De repente o buraco vira abismo. Ele não entende mais o que está acontecendo. Por que a mulher ficou tão agitada? Um péssimo pressentimento o invade. O amante olha para o marido, tentando identificar nele alguma causa para a inesperada visão. Mas não a encontra. A mulher, sem nenhuma razão plausível, põe-se aos gritos. O amante pode ouvi-la, embora sem distinguir o que está gritando. Perplexo, ele a vê girando histericamente na área da lanchonete, como uma abelha em volta da colmeia atacada.

8:26

O marido aproveita sua estatura privilegiada e procura a filha sem sair do lugar, girando seu olhar como um farol pelo espaço amplo da rodoviária. A mulher, nervosa, anda de um lado para outro em volta da lanchonete e depois nas imediações da extinta roda de crianças. Como não encontra a filha, sua movimentação vai ficando frenética. Seu rosto, cada vez mais crispado, dá sinais de que o acúmulo de tensão, angústia, culpa, raiva, frustração e ressentimento chegou ao limite. Ela simplesmente não aguenta mais. Os piores pensamentos passam acelerados por sua cabeça.

"Quem deixa ir é que tem que vigiar!", a mulher grita.

Até ali, ele manteve a calma possível, e manteve a mulher a seu lado. Até ali. Mas, perdendo a criança, o perdão fica impossível entre os dois.

"Ela sumiu!", a mulher se exaspera. Está com ódio do marido naquele momento. Suas lágrimas saem misturadas à raiva.

O marido a vê sucumbindo e, num gesto natural, tenta abraçá-la. Mas a mulher, num bote que o pega completamente de surpresa, arranha seu rosto.

"Ei!", ele grita, segurando as mãos dela.

"Me larga!"

Ele não obedece, sem entender, e a mulher se debate. Com os punhos fechados, soca-o onde consegue, no peito, no queixo, nas orelhas. Aí começa a chutá-lo e xingá-lo:

"Filho da puta!"

Ao partir para cima do marido, a mulher o sente mais culpado e vulnerável do que nunca. Em suas agressões, não há apenas ódio, há um desprezo novo. De repente, ele parece fisicamente diminuído, miniaturizado por um laser de ficção científica, como o personagem de um dos desenhos que a filha vê na televisão; um homem que encolhe e termina engolido pelas próprias roupas. É o que lhe dá coragem para continuar atacando-o aos gritos.

"O que deu em você?", ele pergunta, enquanto se protege.

"Me larga!", ela vocifera, com uma luz feia nos olhos, puxando os pulsos para livrá-los daquelas mãos absurdamente grandes.

O amante, de onde está, a meia distância, não fica menos surpreso que o próprio marido. Para explicar o comportamento da mulher, cogita que ela tenha mudado de ideia sozinha e esteja em plena defesa do direito de desistir da viagem. Mas, ainda assim, fica chocado ao vê-la transtornada na frente de todo mundo, descontroladamente agredindo o marido.

Nem parece a mesma pessoa. Em meio ao barulho da rodoviária, o amante ouve seus gritos, numa voz rasgada, muito diferente do elegante timbre habitual.

Nesse momento ele deduz que a filha não está ausente, a filha desapareceu. Só isso explica a crise da mulher.

"Eu quero minha filha! Eu quero ficar!"

"Calma!", o marido grita. Nunca a viu desse jeito, e fica penalizado ao testemunhar um descontrole tão forte.

"A culpa é sua!"

O marido não sabe o que dizer. A força dos socos, pontapés

e puxões que a mulher lhe dá parecem aumentar. Mantendo-a presa, ele se defende como pode:

"Você também viu ela ir!"

"Foda-se!"

"Para com isso!"

"Você não manda em mim!"

"Está todo mundo olhando...", ele diz, apelando para um argumento ao qual ela, com sua pose de madame, sempre foi sensível. Mas logo percebe que a hora em que tal preocupação poderia fazer diferença já passou.

"Ótimo!", a mulher grita de volta. "É pra olhar mesmo!"

Então, voltando-se para os passantes, põe-se a gritar mais alto:

"Ele roubou dinheiro! Ele é corrupto! Egoísta! Covarde!"

Ao ouvir aquilo, o marido, que até o momento teve pena da esposa, fica com raiva. Aquela agressividade vai além do sumiço da filha. Tentando se controlar, ele pede, muito sério:

"Não faz assim."

"Ladrão!"

"Cala a boca!", ele grita de volta, segurando-a com mais força e apertando realmente seus pulsos.

"Você está me machucando!"

"Então para!"

"Ai!"

Ela, com a dor, para de se debater. Ambos estão ofegantes. Por um momento, parece que tudo acabou, mas a mulher de repente anuncia:

"Eu tenho outro. É por causa dele que eu quero ficar."

Na hora, nem pensa por que faz isso. Até o desaparecimento da filha parece pouco para justificar tamanha intenção de ferir, tamanha imprudência.

"Você está maluca", o marido responde, sem acreditar no que ouviu.

"É o teu chefe", ela continua.

"Como é que é?"

"O teu chefe."

Ele não consegue acreditar, chega a dar um riso nervoso. Parece descartar a revelação como algo completamente absurdo.

"Fica quieta", responde finalmente, soltando os braços da esposa com um safanão.

Por algum motivo que ela própria desconhece, a mulher precisa que o marido acredite no que diz. Sua revelação não pode passar apenas como uma ofensa imaginária. Quanto mais ele duvida, maior é sua raiva.

"Eu sempre gostei dele", a mulher anuncia, venenosa, "e ele, de mim."

"É mentira!"

"É verdade. Olha bem pra minha cara, e você vai ver que é verdade."

O marido encara a esposa sem querer acreditar. Ele tonteia, como um lutador pego desprevenido.

"Você não fez isso..."

"Eu tenho um caso com o homem que te humilhava e que depôs contra você."

Os dois se medem por um instante. De repente, como se a constatação do fato se completasse dentro dele, o marido grita, "Sua puta!", e, com toda a força, dá um tapa na cara da mulher.

Ela perde o equilíbrio e cai sentada no chão. Um novo jorro de lágrimas pula dos seus olhos. Sentindo a dor e com metade do rosto vermelho, a mulher ganha a aparência de uma possuída. Num impulso, parte contra o marido mais uma vez:

"Animal!"

Ele novamente agarra seus braços. Ela novamente se debate, chutando-o e tentando arranhá-lo.

"Me larga!"

Sem conseguir atingi-lo, a mulher perde a cabeça de vez:

"Ele é muito mais homem do que você!"

"Como é que é!?"

"Corno escroto!"

"Você quer apanhar mais?!"

"Bate! Quero ver!"

"Fica quieta!"

"Seu merda!"

"Cala a boca!"

"Você é que tem medo de mim!"

"Para!"

"Eu não aguento mais!"

"Então para!"

"Me larga!"

"Você ficou maluca?!"

"Eu odeio a nossa vida! Tá ouvindo? Odeio você!"

Quando a mulher para de se debater, o marido solta as mãos dela, que dá dois passos para trás. Sua boca parece um revólver depois do tiro, deixando escapar um fio sinistro de fumaça.

Ele, chorando, crava seus olhos na figura da esposa. Após largá-la, seus braços caem como dois galhos grossos de uma árvore. No silêncio entre eles, ainda se pode ouvir o barulho da queda, a agitação das folhas rasgadas pelo caminho.

O amante, a partir daquele instante, se divide em dois: um fica à distância, observando sem entender; o outro ganha presença junto ao casal só porque sua existência foi anunciada.

O amante de carne e osso percebe que alguma coisa inesperada, definitiva, aconteceu. Quando chegou ali, imaginava postar-se na frente da mulher e do marido corrupto, encarando seu funcionário subalterno, o homem que ele próprio ajudara a comprometer perante a lei, e deixar acontecer tudo o que fosse necessário. Mas o que acabou de presenciar abalou a sua coragem.

Com um medo súbito de que os dois o vejam, ele se esconde atrás de uma pilastra. Tenta se refazer do impacto que o casal, com sua síncope, sem querer lhe provocou. A confiança do amante entra em curto-circuito.

Nunca imaginara a revelação que acaba de ter. Acontece de uma pessoa se surpreender radicalmente com outra, ele pensa, suando frio, mas tanto assim! Naquele momento, ele também sente o gosto da traição, tanto quanto o marido. O desespero da mulher demonstra, sem dúvida, o seu amor pela filha, porém não só isso — é incrível, mas é verdade... —, tamanha convulsão escancara o seu amor pelo casamento em si.

Claro que o sumiço da garota justifica aquele comportamento exacerbado, mas o amante é forçado a enxergá-la também sob outra luz, que não realça a sua inteligência natural, a sua independência de espírito. Ainda que a mulher merecesse, por suas qualidades pessoais, se libertar do marido, ela está mesmo completamente presa à patologia amorosa e suburbana daquele casamento.

Se o marido o tivesse xingado das piores palavras, supõe o amante, ainda teria sido melhor do que a cena que presenciou; se aquele sujeito enorme o tivesse esmurrado, ou mesmo surrado, por horrível que fosse tomar um soco ou dois, isso talvez até ajudasse, na medida em que, vitimizando-o, fatalmente inclinaria a mulher a tomar seu partido; se aquele homem gigante se humilhasse na frente da filha e pedisse à mulher para pelo amor de Deus não o abandonar; se tivesse roubado um garfo da lanchonete e espetado na garganta dela, ou até da filha, num gesto horrendamente passional, talvez nada disso causasse maior efeito sobre o amante do que ver a mulher, de repente, em estado de completo desespero, ainda presa ao passado, sem controle de nada.

O amante sofre naquele momento um choque de humildade, coisa que o faz reagir imediatamente contra a situação. Aquela mulher não era nada diferente da maioria, e não valia sequer a tentativa de salvamento. Quando estavam além dos ultimatos, ela simplesmente não o enxergou na multidão. Essa é que é a verdade. Olhar sem ser visto, a maior desgraça para um amor, mata qualquer sentimento vivido pelo amante. A família está em primeiro lugar para ela, afinal. Aquele marido imbecil e aquela filha inconveniente recuperam a dignidade, enquanto o objeto de sua admiração se rebaixa.

Em nenhum momento ocorreu ao amante que devesse ir defendê-la contra a agressão física sofrida; não havia motivo para lutar. Aquele tapa era como o que se dá num afogado, com o intuito de fazê-lo parar de se debater. O amante vê que a força da mulher era emprestada, emanava de uma fantasia masculina sua. Por isso não tinha conseguido convencê-la a abandonar o marido.

"O deputado que me desculpe", ele pensa, pois tudo que vê o leva a concluir pela verdade do estereótipo feminino, segundo o qual as mulheres nunca são, sentem ou pensam exatamente o que dão a entender. Não é que os homens não entendam o desejo feminino, as próprias mulheres nunca sabem realmente de onde ele vem. Para o amante, é como se a força da realidade — que vinha sendo complacente com seu desafio unilateral, tão ignorante da própria fraqueza que agora só causava pena e o deixava humilhado — tivesse cansado de aceitar suas provocações. Como naqueles sonhos em que voava como um pássaro até determinada hora, quando então, acabada sua milagrosa faculdade, ele despencava dos céus, acordando assustado um pouco antes de se espatifar no chão. A única diferença é que desse sonho o despertar súbito não lhe poupara do choque final.

Suas últimas reservas de segurança vão embora. Pensando bem, não era nada prudente atrair a raiva de uma mulher dessas.

E o marido, afora corrupto, acabara de provar que também podia ser violento. De repente, ocorre ao amante que, além de tentar atingir a família dele, a mulher poderia também questionar a validade do seu depoimento contra o marido. Bastava tornar público o caso entre os dois. Embolaria todo o processo, correndo o risco até de ele acabar sob suspeição. Era absurdo? Talvez, mas a cena que acabara de ver também era. Depois, até explicar que o adultério não tinha nada a ver com o crime de corrupção...

O amante desaba. Se a mulher não é aquela que imaginava que fosse, e que ela própria imaginava e se esforçava em ser, então, ele conclui, nada faz sentido, nunca teria como dar certo. Ela nunca entenderia a generosidade embutida no fato de seu outro homem estar ali, ou a grandeza no gesto de sua mãe.

Tudo isso o amante engole confusamente, enquanto perde o desdobramento da situação. Saindo de trás da pilastra, olha pela última vez na direção da lanchonete, mas a mulher e o marido foram embora. Sumiram.

Por um segundo, quase num estertor, feito uma cobra que depois de ter a cabeça cortada continua se mexendo, a decisão de procurá-los estrebucha dentro dele. Mas, passado o instante final, o amante sai dali quase às pressas, com medo de ser visto. O melhor era mesmo desaparecer. Para que ir adiante? Ela jamais daria valor... Em poucos minutos, ele está em seu carro, com o ar-condicionado ligado, as janelas fechadas, indo para a vida de todos os dias, no trabalho e em casa, com sua legítima esposa.

A filha

Naquela manhã, enquanto a filha brincava com pás, baldes e tratores em miniatura, muito compenetrada e muito alheia às demais crianças, erguendo castelos aos pés do gigante, o pai, sentado em um banco a sua frente, puxava para dentro do peito o ar úmido e frio.

Em toda a praça, as coisas lhe pareciam diluídas; dos bancos até as árvores, das moitas até as pedras e estátuas, do cercado de areia até o seu próprio corpo. Um sol preguiçoso, embrulhado em nuvens claras, retardava o início do dia. A grama ainda suspirava o orvalho deixado pela noite.

Dali a pouco, ele e a filha iriam ao clube para uma festinha infantil, organizada por seus ex-colegas de trabalho, em homenagem ao dia dos pais. Seria, para ambos, uma nova oportunidade de encontrar os amigos que haviam feito na cidade.

A menina tinha ainda a turma da escola, mas o pai, silencioso e travado como era, aflito com o tamanho do próprio corpo — e portanto transmitindo uma inquietação profunda, da qual as pessoas inconscientemente fugiam, ou então sufocando essa inquietação com um jeito cerimonioso, do qual as pessoas fugiam conscientemente —, não demonstrara mesmo qualquer talento ou disponibilidade interior para, em seu novo meio, construir amizades independentes do convívio obrigatório no emprego. A proximidade nos dias úteis lhe garantira os amigos, e o clube dos funcionários era o lugar óbvio onde todos se encontravam nos fins de semana, onde suas esposas organizavam quermesses, recolhiam agasalhos para as campanhas sociais e faziam festas como a que aconteceria dali a pouco. Aquelas pessoas e aquele espírito comunitário lembravam-no muito sua cidade natal, e foram o máximo de felicidade que encontrara no seu novo ambiente.

Isso até o escândalo de corrupção comprometê-lo totalmente aos olhos dos amigos. Para ele, portanto, a festa seria mais do que uma chance de rever os colegas, seria uma oportunidade preciosa para reconquistar sua dignidade e a consideração geral.

Enquanto esperava o momento, seu imenso corpo ia desabando sobre o banco de praça no qual estava sentado. Cada braço, cada perna escorria frouxamente. Precisava ter coragem, parecer autoconfiante, tranquilo, e não um poço de culpa e derrotismo. Num esforço de autocontrole, ele respirou novamente o ar fresco, espantando os maus pensamentos e tentando atrair fluidos positivos. Pensou em dar atenção à filha como ela gostaria — habitando seus castelos, vivendo em seus bonecos —, mas estava muito melancólico. Não aguentaria incorporar personagens, dar-lhes voz, inventar características que os fizessem reais.

Cheia de crianças em volta, a solidão de sua filha ficava ainda mais evidente. A menina, a seu ver, era a prova ambulante de que o corpo de um bebê chega ao mundo antes de se formar nele o que chamaria de "alma", ou "espírito". Esse era talvez o único ponto no qual não concordava com os preceitos da religião que abraçara com mais fervor desde o início de sua crise de consciência. A chegada física ao mundo até podia ser identifi-

94

cada e circunscrita — "Nasceu às tantas horas, em tal maternidade..." —, mas isto não significava que se estivesse pronto ao vir à luz. Faltava brotar por dentro a combinação individual e intransferível de memória e expectativa, frustração e prazer. A realidade da alma precisava emergir, pois ter um corpo respirando era apenas o começo. A predestinação podia até existir para alguns, ele supunha, até mesmo para a filha, mas só devia ser identificada em retrospectiva. "A essência de uma pessoa, se está sujeita à predeterminação, é reti-ratificada", ele concluiu, rindo sozinho, e rindo também porque achou graça em estar filosofando sobre a vida a partir do jargão da burocracia que tanto odiava.

O pai sempre desejou que a filha tivesse tido a felicidade de não conhecer tão cedo o mundo do eu-sozinho. Desejou que ela tivesse podido receber mais tarde, e com mais gentileza, o primeiro contato diferenciador em relação ao corpo de onde viera. Ainda na maternidade, porém, desde a primeira passagem pelos braços da mãe — com ele e os três avós assistindo —, ficou claro que para sua filha não seria tão fácil. A mulher sentiu fortes dores nos seios, a bebê teve reações alérgicas ao leite, e os incômodos de parte a parte instauraram uma imediata separação entre as duas.

Na terceira manhã após o parto, ao se examinar, a mãe viu riscos finos e vermelhos que convergiam em direção aos bicos dos seios, como rachaduras incandescentes correndo sob sua pele. Naquelas condições, amamentar foi totalmente impossível. Até o pediatra proibiu. E, depois, a mulher chorava só de olhar para o bebê.

Quanto à recém-nascida, como se não bastasse a luta pela sobrevivência, ela não podia deixar de sofrer a ruptura, a falta do contato, o único capaz de regular seu primeiro desenvolvimento. Mesmo adaptando-se ao leite em pó e à mamadeira, também chorava muito, no berçário, no colo do pai, dos avós, das enfermeiras. Parecia ter medo, e com certeza tinha fome de mãe.

Durante toda a gravidez da mulher, e naqueles primeiros dias, o próprio pai temera não saber se comunicar com a bebê. Se com os adultos já era tímido, atrapalhado pelo próprio tamanho, tinha aflição até de chegar perto de um ser com menos de três quilos e uns poucos centímetros, que não falava e mal abria os olhos. Podia machucá-la só de encostar, como um Midas cujos dedos produzissem hematomas em vez de ouro. E se esmagasse os ossos da filha num abraço? Todos punham em dúvida sua capacidade de cuidar da recém-nascida. Até a sua mãe parecia hesitar. Havia nas famílias um silencioso consenso de que ele era grande, pesado e desajeitado demais.

Das primeiras vezes, temeu que a filha "sugasse" esses maus fluidos e o rejeitasse também, como ao leite da mãe. Mas vê-la chorar no berçário, com solidão e raiva no rosto, tratada com total profissionalismo pelas enfermeiras (o que lhe pareceu uma insensibilidade), e custando a ganhar peso, tudo isso havia despertado nele uma absoluta urgência de comunicação.

Em silêncio, o pai se perguntava: o que poderia sentir um bebê a quem fazia mal o leite da mãe? O que poderia sentir a mãe cujo corpo negava à filha o alimento essencial? Como viver essa contradição da natureza? Chegou a pensar que a menina, ali no berçário, durante as primeiras horas, tivesse experimentado a iminência de se derramar. Afinal, ela não contava com o peito da mãe para reabastecê-la, fora tirada de uma bolsa d'água, tinha o corpo composto por setenta por cento de líquidos e era naturalmente incapaz de controlar seus orifícios. Portanto, nada mais lógico do que o medo de desmanchar, de escorrer, de derramar sua vida pela boca, pela vagina, pelo ânus, pelas orelhas, pelas narinas, por todos os poros.

Ele não se arriscou, com medo de ser ridicularizado, a contar aquelas fantasias que projetava na bebê. Não as contou nem mesmo para a mulher, cujo sentimento de culpa talvez aumentasse diante dessas ideias. A cada vez que tinha a filha no colo, apenas rezava por uma compreensão intuitiva daqueles sentimentos recém-nascidos de parte a parte. Investia na troca de olhares e tratava de ampará-la com o máximo de delicadeza, abraçando-a por inteiro, cobrindo-a desde os pés até a área sensível das costas, da nuca e da parte de trás do crânio, para protegê-la do campo sonoro ao redor. Para ela, o mundo deveria ser feito de vozes estridentes ou grossas demais, gritos, guinchos mecânicos, urros selvagens. A filha viveria assombrada por monstros sonoros onipresentes, fora do seu campo de visão.

Além de não conseguir amamentar e de sofrer rompantes de choro, a mulher começou a apresentar os outros sintomas da depressão pós-parto: o sentimento de culpa e de impotência, a incapacidade prática de cuidar da filha, a total falta de apetite e de ânimo para se alimentar, a prostração quase permanente em cima da cama. Nada podia explicar aquilo; os médicos limitaram-se a dizer que, nesses casos, o parto revelava-se um evento traumático, detonando uma reação à história passada da mãe, além de drásticas mudanças hormonais.

Enquanto a mulher lidava com a depressão e se recuperava da decepção com o próprio corpo, uma empregada paga pela mãe dela cumpria o papel deixado vago durante o dia. Sempre que o pai estava em casa, porém, ele fazia questão de se encarregar da troca das fraldas, de aprontar a mistura de óleo de amêndoas e pomada antiassaduras, que deixava num pote ao lado do trocador, de acordar à noite e esquentar a mamadeira ao ouvir o choro da filha, ou de sentir com o cotovelo a temperatura ideal da água do banho. Quando pela primeira vez a filha adormeceu no seu peito, relaxada entre seus braços enormes, ele ficou se achando o melhor homem do mundo. Um pai quase mãe. Era como se a falta do leite o tivesse igualado à mulher.

A esposa o amou profundamente durante aqueles meses,

aproveitando para valorizá-lo aos olhos de seus pais. Estes, porém, e os outros parentes, de tão surpresos com aquele desempenho, jamais diriam que a ligação bizarra entre o anjinho de cinquenta centímetros e o brutamontes de quase dois metros decorria da intuição que o pai tivera do horror vivido pela filha logo após o nascimento. Ririam dessa explicação, até. Se ele demonstrara ter jeito com criança, a explicação lógica decorria do fato de isso ter sido absolutamente necessário. A carência vital da filha, e não seus méritos pessoais, tinham feito o milagre.

A mulher, com o passar dos meses, foi superando a crise. Nesse processo, foi ajudada por um psiquiatra (mais uma despesa paga pela avó da criança). Como não estava mesmo amamentando, pôde tomar sem hesitação os antidepressivos que lhe foram receitados. A intervenção da bioquímica, gradativamente, lhe deu certa naturalidade em seu novo papel. Com a menina crescendo e a mãe se reerguendo, tudo pareceu caminhar para o bem.

Uma vez em seu estado normal, a resposta da mulher à condição materna foi a mais previsível de todas, isto é, uma reprodução consciente e inconsciente do modelo que aprendera com a própria mãe. Com carinho e autoridade, às vezes mais uma do que o outro, ela cuidava para que a menina não se sujasse, não corresse pelo apartamento, não falasse alto e nem de boca cheia, não mastigasse de boca aberta e nem apoiasse os cotovelos na mesa. "Brincar quietinha" tornou-se uma palavra de ordem.

Um dia, quando a filha tinha uns dois ou três anos, o pai comprou para ela um brinquedo chamado "A Mulher Visível". Consistia em uma boneca cuja pele era, da cabeça aos pés, um plástico transparente e rígido, dividido em duas partes encaixáveis, frente e costas. Ali dentro se acomodava o esqueleto, de plástico branco, muito detalhado e científico, articulado por meio de pequenos ganchos flexíveis. E entre a caixa torácica e a bacia se acomodavam, por sua vez encaixados entre si, os pequenos órgãos multicoloridos (o coração vermelho, o estômago meio marrom, os pulmões arroxeados, o fígado verde etc.). A filha ficou excitadíssima diante da aula de humanidade e, junto com o pai, terminada a montagem, pôs a Mulher Visível em seu pequeno pedestal redondo. Mas logo ela quis continuar mexendo no brinquedo novo, e pediu-lhe que colocasse na boneca agora os componentes da versão grávida de seu corpo — o feto, a bolsa, o útero, a "pele" transparente da barriga maior. Enquanto o pai mexia no corpo de plástico, a menina fitava suas mãos imensas com um olhar excitado.

O resultado daquela brincadeira, contudo, foi muito além do que ele poderia imaginar. Semanas depois, a filha procurou-o para ajudá-la a abrir suas bonecas. O pai, meio atônito, demorou a identificar de onde viera a ideia. Tentou demovê-la, dizendo que iriam estragá-las, mas a menina insistiu. Então, enquanto estripava as bonecas, sentindo-se um novo tipo de assassino, de tarado, recriminou-se por ter aceitado fazer o serviço sujo e ficou com medo de a mulher, chegando em casa, ver e ficar brava.

"Que qui tem dento dessa?", a menina perguntava a cada boneca que abriam, com o jeito de falar que ainda tinha na época. Estava realmente disposta a tirar a limpo; era palha, espuma, macela ou elásticos? Depois da terceira ou quarta boneca, intrigado com aquela curiosidade mórbida, o pai perguntou à menina do que ela achava que ele era feito por dentro. Levou um susto quando a filha, sem hesitar, respondeu:

"De puma."

Estranhando a convicção, ele quis saber mais:

"E por que de espuma?"

"O papai é mole."

Era uma frase que o homem já devia ter ouvido da esposa mais ou menos um milhão de vezes — por exemplo quando a filha acordava à noite, assustada por algum pesadelo, e a mulher, em nome de "criar caráter", insistia em deixá-la chorando no quarto até que dormisse outra vez; ou quando a menina fazia manha e a mãe o impedia de contemporizar; ou ainda quando a mulher recriminava-o por sua falta de ambição profissional. Mas, na boca da filha, ele esperava, a avaliação de sua consistência deveria ter outro sentido.

O homem então olhou o relógio e viu que a hora da festa se aproximava. Já afastado de seu emprego, sem os amigos a vida na cidade ficaria insuportável. Ele também, de certa forma, estava realmente procurando, até aquele dia, uma resposta para a pergunta: "O que as pessoas têm por dentro?". Não podia ser apenas componentes fisiológicos. Estes eram os mesmos em todo mundo, e portanto não explicavam as diferenças e idiossincrasias do comportamento humano. Não; se precisasse arriscar um palpite, ele diria que o componente humano definidor da personalidade eram as lembranças. Sua mulher, ele apostava, certamente diria à menina o contrário, que se preocupasse com a fome de futuro, e não com as sobras da vida de ontem. Entendendo o que uma pessoa desejava, conhecendo sua meta individual de realização, era assim que a mulher descobria do que os outros eram feitos. Talvez ambos tivessem razão. E talvez o individualismo irredutível embutido nessas explicações fosse mesmo o único ponto comum entre as duas maneiras de educar a filha.

De modo intuitivo, o homem acreditava que cada combinação de impressões, sentimentos e medos só não era totalmente caótica porque estava subordinada a um ciclo físico-psicológico que uma hora chega ao fim. A morte, dado comum a todas as pessoas, instituía uma dimensão coletiva na vida, e o pai procurava mostrar à filha que a existência do individualismo deveria ser posta a favor do espírito coletivo, como a religião era capaz de fazer, ou o casamento.

A mãe dele, uma mulher do tempo em que semelhantes elucubrações não eram julgadas propícias às crianças, e talvez nem aos adultos, provavelmente transformaria o dilema entre o princípio individualista e o coletivo numa história mais simples, de final moralista, que subliminarmente incentivasse a neta a ser obediente e disciplinada. Mas até o filho dessa boa e santa senhora tomou um susto no dia em que encontrou a filha chorando compulsivamente no berço, sem querer sair de lá por nada deste mundo, a ponto de se agarrar nas grades quando a avó tentava pegá-la no colo. A mãe dele, muito sem graça e culpada, jurava que não fazia ideia do que assustara tanto a menina. Estava de visita, e havia contado à neta a mesma fábula que contara mil vezes a ele próprio quando criança. Entre pedidos de desculpas, disse o nome da história.

Ele, por um instante, agachado junto à grade do berço, ficou sem reação. Nem sequer se lembrava de algum dia ter ouvido uma tal "história do menino branco" ou "do menino chupado". Justamente essa não lhe tinha deixado impressão alguma. Pareceu-lhe uma idiossincrasia do destino que a mesma história provocasse efeitos tão opostos nele e na filha. Mas seria burrice pedir que sua mãe a contasse de novo ali, na frente da menina, assustando-a outra vez. A própria filha, então, percebendo que ele não conhecia a fábula do "menino chupado", e ansiosa por colocá-lo a seu favor definitivamente, ficou de pé no berço, puxou-o pelo pescoço e cochichou em seu ouvido: "A buxa pegô ele e chupô todinho pa fóia, ficô só a casca banca sem nada dento".

Ao terminar, com os bracinhos ainda em volta do pescoço largo do pai, a menina fez menção de pular para o seu colo. Ele a pegou sem esforço. A avó, meio sem jeito, entrou no campo de visão da neta, depois fez um carinho no seu braço. Mas a menina o recolheu e virou o rosto para o outro lado. Normalmente dócil, educada e amorosa, era inédito ela se dar ao direito de tamanha grosseria. O Homem do Saco, o Bicho-Papão, o João Felpudo, o Boi da Cara Preta, a Cuca, o trágico fim dos meninos Juca e Chico — moídos vivos e depois comidos por patos —, não eram essas as histórias que a filha merecia, pensou o pai, dando por encerrado o assunto.

Foi mais ou menos nessa época que as salinas da sogra entraram na fase mais aguda de sua crise, ou melhor, que a crise latente apareceu de uma vez. O primeiro efeito disso foi a drástica diminuição das ajudas financeiras que recebiam. O segundo foi o acirramento das diferenças entre o marido e a mulher. Mesmo depois de ela arrumar um emprego, ele se viu acossado pelo custo de vida — agora uma lista infinita: aluguel, plano de saúde, empregada, creche, condomínio, impostos exorbitantes, gastos com o automóvel, com supermercado — e pela incapacidade da esposa em perceber que o padrão de conforto precisaria mudar. Ela parecia cada vez mais dedicada ao trabalho, e cada vez mais distante dele, da criança e da nova realidade.

"Eu entendo a minha filha", a sogra havia dito, em mais uma daquelas frases que já nasciam matando qualquer resposta.

Por fim, o último reflexo da crise financeira manifestou-se na própria criança. A vocação para ser agradável com todos, que desde cedo a tornara muito encantadora e querida, exacerbou-se e abafou por completo a sua própria vontade, a ponto de a menina nem mesmo saber o que desejava. Se faziam a ela uma pergunta, queria sempre adivinhar a resposta que agradaria. E o pai sabia como era ser assim.

Para tornar a vida da menina um pouco mais leve, ele pensou numa estratégia: arrumou-lhe um animal de estimação. Primeiro levou para o apartamento em que moravam um lindo filhote de cachorro, todo branco, com olhos amendoados e aquela amorosidade incondicional, perfeita para uma criança como a filha.

A mulher, contudo, não suportou. Como passavam o dia fora, e para ela a empregada "era uma incapaz", ninguém conseguia ensinar o bicho a fazer as necessidades no jornal que ficava na área de serviço — por mais que batessem nele e por mais força que a mulher botasse na mão que agarrava a nuca peluda do animal e na outra mão que com raiva e violência segurava seu focinho, entre ganidos dilacerantes, e o esfregava aos berros nas porcarias encontradas pelo apartamento. Ela também não aguentava os latidos incessantes, a rede de comunicação entre os cães do prédio, e não admitia o mínimo estrago em seus móveis e tapetes.

Lá se foi o filhote de cachorro, dado a uma amiga da vizinha, três semanas depois de chegar. Obedecendo aos espasmos da memória infantil, que ora se lembra de detalhes em detalhes, ora apaga fases inteiras da vida, a menina guardou dentro de si apenas a última hora de brincadeira com o filhote no seu quarto, antes de a nova dona chegar para buscá-lo, e do vazio e do silêncio que a lamberam depois. A mãe prometera, como a nova dona era conhecida, levar a menina de vez em quando para uma visita ao animal exilado, mas nunca dava tempo.

Para espantar sua tristeza, num acordo familiar, decidiu-se comprar um gato, animal que, nas palavras da mãe, "já nasce sabendo o segredo da vida em sociedade: faz suas sujeiras escondido e fica sozinho sempre que pode". Ao receber o novo companheiro dos braços do pai, a menina se apaixonou. Esqueceu o cachorro num minuto.

À medida que o gato foi crescendo, porém, consolidando o temperamento da espécie, ganhando agilidade e fome de independência, a menina sentia-se traída nas vezes em que tentava abraçá-lo e segurá-lo no colo, ou aninhá-lo a seu lado no sofá, pois ele fugia do carinho excessivo. Reagindo à delicadeza de seus braços pequenos e desajeitados, ainda que amorosos, chegava a arranhá-la, fazendo-a chorar de dor e rejeição.

Era uma tristeza vê-la assim. Nesses momentos, a mãe aproveitava para praguejar contra o gato também. Só não o espancava porque era muito mais rápido que o filhote de cachorro e, quando ela ameaçava tentar castigá-lo, o bicho saía em disparada para seus esconderijos embaixo das camas ou atrás da geladeira. A mãe então repetia que apenas a contragosto autorizara aquele bicho em casa. Irritada com mais aquele conflito crônico, chamava o gato dos piores nomes e apontava a ingratidão como a principal característica da espécie. Naquelas horas, era como se esfregasse a cara da filha na impossibilidade de um afeto absoluto.

O pai, entretanto, não perdia de vista a solidão da menina. Cada pequeno traço de comportamento que desenvolvia o preocupava, parecia-lhe o sintoma de alguma coisa ruim se formando, que ela, como toda criança, escondia dos adultos; como um aleijado, se pudesse, esconderia sua deformação de outros aleijados que já tivessem passado por alguma espécie de fisioterapia adaptativa.

A garotinha passou mesmo a apresentar certas manias. Uma delas era guardar. Guardava tudo. Papéis, conchas, pedras, brinquedinhos, fotografias, lápis, borrachas, canetas, apontadores, papéis de bala, fitas de embrulhos etc. Uma pequena bolsa cor-de-rosa, que ela carregava para cima e para baixo, vivia cheia de mil lembranças de coisas nem sempre concretas. De algumas o pai reconhecia a inspiração, muitas lhe pareciam completamente descabidas.

Uma segunda mania surgida na época era o choro sem explicação. A sensibilidade da menina aumentou exageradamente. Qualquer simples repreensão, qualquer mínima alteração no tom de voz dos pais num instante a fazia chorar.

A mania de guardar tudo irritava a mãe, quando remexia na bolsa da filha e via os papéis de bala melados, quando abria as gavetinhas de seu quarto e descobria galhos quebrados, folhas, embrulhos de algum presente etc. Mas a sensibilidade extrema era o que mais dificultava a situação. Aquele choro fácil demais tirava a mãe do sério, o que fazia a menina redobrar o volume do berreiro. Por fim, sem que ele entendesse bem por quê, a filha passou a ter episódios de uma incrível agressividade. Seu temperamento estava fugindo do controle.

Certo dia, quando estavam os três, pai, mãe e filha, em volta da televisão da sala, a menina sussurrou para si mesma, chamando a atenção do pai: "Quero a minha casinha em ordem". Tinha diante de si móveis de plástico em miniatura e três bonecas — na brincadeira, todas suas filhas. Uma das bonecas, então, por algum motivo, de algum jeito, se comportou mal. O pai, enquanto a mulher estava distraída com a novela, observou a reação da menina. Primeiro ela passou uma descompostura na boneca. Apesar de a mímica da raiva ficar engraçada em um rostinho tão bochechudo, apesar das frases quase sem som, ele percebeu uma fúria e uma violência autênticas. De repente a menina arrancou a boneca do pequeno cenário doméstico e, colocando o peso do corpo inteiro na palma da mão, espremeu várias vezes o pequeno rosto de borracha contra o chão.

O pai não resistiu e comentou:

"Que mãe brava, filha."

A menina reagiu como se flagrada em um ato vergonhoso e, apressando-se em justificá-lo, indicou a boneca malcomportada:

"Ela é que é."

Em outra oportunidade, num fim de semana, o pai havia deixado a mulher dormindo até mais tarde e fora com a filha tomar sol na área comum do edifício. Lá encontraram um novo bebê do prédio e sua babá. Ficaram todos sentados no chão, cercados de brinquedos. A menina, novamente dona de uma casa imaginária, pôs-se a brincar de "comidinha". Tudo ia bem até que a panela em miniatura com que brincava, cheia de água, terra e grama picada, entornou acidentalmente sobre o fogãozinho de plástico. O choro instantâneo da filha veio conforme o esperado, dada sua sensibilidade exacerbada, mas, sem qualquer transição, num verdadeiro acesso, ela jogou o fogãozinho longe e começou a socar as panelinhas contra o chão. O filho dos vizinhos, assustado, começou a chorar. A babá virou-se para o responsável por conter aquela crise de histeria, perguntando com os olhos: "Você não vai fazer nada?".

Ele tentou abraçar a filha, mas por um instante a menina se debateu. Quando finalmente conseguiu segurá-la, pegou-a no colo e se afastou, ganhando privacidade.

Passado um tempo, a filha, ainda com o rosto molhado e o nariz escorrendo, porém já mais calma, disse:

"A mamãe falô qui a minha mão é de minino."

"Como assim?"

"Eu sô estragona."

O pai teria gostado de poupá-la daquele sofrimento. Sabia como era doloroso o medo de destruir tudo a sua volta.

"E você acha que é estragona?"

A filha permaneceu em silêncio. Duas lágrimas pingaram dos seus olhos. Devagar, ela pousou o rosto no ombro do pai e disse, abafando as palavras:

"Num sô boa em nada."

Naquela mesma noite, já na cama com a mulher, ele reproduziu a frase da menina e sugeriu a possibilidade de procurarem um psicólogo. A mãe falou que acharia ótimo, mas estavam sem dinheiro. Ele até estranhou tamanho pragmatismo financeiro da parte dela. Até que, de repente, a mulher perguntou: "Quando ela vai parar de pedir desculpas por ter nascido?".

A mãe, a partir daí, também redobrou os cuidados com a

menina, mas seus gestos de preocupação se escondiam todos no fundo falso da disciplina que aprendera quando ela mesma era criança. E a filha era pequena demais para olhar através das aparências. Suas inseguranças nunca foram embora, suas crises de choro continuaram, seus rompantes de ódio ficaram mais reprimidos e violentos. Só aqui e ali falava dos espantos que nasciam em sua cabeça: "Papi, cê sabia que o meu lado de dento é peto?", "O menino chupado pegô minha cama", "Eu sou a mamãe e o papai, e fiz minha filhinha de cocô".

Ela não era mais um bebê, era uma criança, uma criança aflita que, sem querer, afligia o pai e a mãe. Ele sofria a falta de tempo para decifrá-la. A mãe sofria em perceber na filha instintos tão diferentes dos seus.

O pai, sentado no banco da praça, ao se lembrar da festa no clube, olhou o relógio mais uma vez: estava na hora. O vestidinho da menina, ao seu lado no banco, num cabide e protegido por um plástico, esperava por ser usado. Gostaria de poder, ele próprio, apresentar-se assim, protegido, imaculado. Mas, apesar do medo de ser mal recebido, não deixaria de levar a filha à festinha, para que pelo menos ela pudesse se divertir com os amigos.

De sua parte, precisava aceitar com humildade o fato de os colegas de trabalho terem mudado o jeito com que o tratavam. Havia dado suas explicações, mas eles não pareciam ter se convencido da força do sofrimento que o levara a aceitar o suborno ou sequer da sinceridade do seu arrependimento. Não o perdoavam até o fim. Talvez porque sofressem igualmente, ou porque comprometera a todos, de certa forma, por um bom tempo colocando a equipe técnica inteira sob suspeita. A consciência de tê-los decepcionado era esmagadora.

O homem os desculpava, especulando que talvez, num certo nível, o esfriamento partisse mais dele, sem querer. Tinha vergonha, afinal, e muita culpa. Era difícil estar certo quanto a isso. Mas imaginava que as suas demonstrações de amizade, e de afeto para com os filhos dos amigos, apagariam a má impressão. Apesar da indisposição generalizada a seu respeito, sentia-se obrigado a dar a outra face, até provar que, no fundo, era o mesmo bom homem de sempre.

A filha, é claro, fora poupada de todo o escândalo. Não sabia ler, e ninguém iria contar à toa. Haviam lhe dito apenas que "o papai teve um problema no trabalho". Ele próprio comunicara o acontecido à diretora da escola, pedindo o máximo de discrição, e ficara alerta todas as vezes em que os filhos de seus colegas de trabalho pudessem, tendo ouvido alguma coisa, usá-la contra a filha.

Chegaram ligeiramente atrasados na sala de recreação do clube dos funcionários. Uma das organizadoras logo encaminhou a menina ao quarto onde as outras crianças preparavam uma surpresa para os pais, os homenageados do dia. Lá mesmo a menina trocaria de roupa e arrumaria a sua parte da surpresa. Foi ela, então, carregando o vestidinho mais chique no cabide.

Num canto da sala, ainda posta de lado, a mesa de doces, salgados e refrigerantes aguardava seu momento de glória. O homem lamentou que a mulher não estivesse ali, e tentou esquecer que a ouvira dizendo que preferia não participar da festa por ter vergonha da situação (vergonha dele, em outras palavras). Ela inclusive tentou convencê-lo a não ir, argumentando, bem ao seu estilo: "Aquela gente não merece que você fique se humilhando".

Apareceu outra organizadora da festa e, após cumprimentá-lo de longe, orientou os pais presentes, por ali conversando, que colocassem todas as cadeiras encostadas nas paredes, assim criando uma arena e liberando o meio da sala. A ordem foi cumprida, mediante uma certa balbúrdia, enquanto lá do quarto se ouviam as risadinhas finas e os gritos das meninas.

Durante uns vinte minutos, os grupos voltaram a se formar. O homem esforçava-se para ficar à vontade com os amigos, mas sentia a resistência no ar. As rodas de que se aproximava logo se desfaziam, as conversas de que tentava participar logo morriam, não explicitamente por sua causa, mas, no fundo, por um desconforto geral. Para alguns, poucos, mas quase explícitos na forma como o tratavam, era uma audácia de sua parte ainda ter coragem de aparecer ali.

Então as responsáveis pela organização da festa pediram que os pais presentes tomassem seus lugares. Nova balbúrdia, até que todos se ajeitaram, ansiosos em saber qual a surpresa preparada pelas crianças. Após instantes de expectativa, elas começaram a chegar. De várias idades, sorridentes, arrumadas e penteadas, em fila indiana, cada uma vinha segurando, com seus bracinhos ora gorduchos, ora finos como gravetos, uma folha de cartolina colorida. Esta era a surpresa improvisada no quarto dos fundos: cada criança desfilaria ao redor da sala exibindo a cartolina enfeitada com toda sorte de desenhos e mensagens de amor ao seu respectivo pai, na qual as palavras vinham escritas com todo aquele típico capricho infantil, em purpurina fosforescente, acompanhadas de corações coloridos, fotos dos pais com elas, com filhotes de bichos, fotos de suas famílias em férias — que as mães ali presentes certamente haviam contrabandeado para as organizadoras da surpresa, sem os maridos ficarem sabendo.

O ambiente se iluminou com os sorrisos orgulhosos e embevecidos de todos os presentes. Uma salva de palmas e assobios de aprovação ecoaram, flashes de máquinas fotográficas brilharam.

O homem estava sentado num dos últimos lugares do trajeto que as crianças fariam. Com um sorriso bobo na cara, sinceramente tocado e congratulando-se por ter insistido em estar ali, ele ficou esperando para ver o que a filha trazia. Esquecendo de toda a mágoa em relação à mulher, ficou com pena dela por não ter ido. À medida que a fila de crianças percorria o circuito previamente estabelecido, com suas cartolinas ainda viradas para os adultos da parede oposta à sua, crescia no pai a expectativa de saber o que a filha lhe havia preparado e, sobretudo, de tê-la a sua frente, trocando olhares e sorrisos diretamente.

Mas de repente, pela primeira vez, estranhou a reação de uma pessoa por quem a filha passava naquele instante. Era a mãe de um menino de óculos, cujo sorriso murchou de maneira estranha. O homem teve um pressentimento, e depois, examinando a reação dos outros pais e mães por quem a filha ia passando, ficou realmente com medo. Por fim, o ambiente tão alegre mudou. Ele se deu conta de que todos os adultos o olhavam da mesma maneira.

A cartolina de sua filha não estava decorada como a das outras crianças. Sua foto não fora cedida pela esposa. Recortada do jornal, mostrava-o chegando para seu depoimento, escoltado pelo advogado e por policiais, com jornalistas a sua volta e o rosto mal coberto por uma das mãos. Sobre a foto, os dizeres subvertiam a cor alegre da purpurina:

"Fora, corrupto!"

Sua filha analfabeta sorriu-lhe, a meia distância, segurando a cartolina com o mesmo ar radiante que tinham as outras crianças, igualmente orgulhosa de sua colagem, o que assegurou ao pai que ela não tinha a mais vaga ideia do verdadeiro significado das palavras escritas na cartolina.

O corpo imenso do homem chegou a tremer de tanta revolta. Quem teria tido essa coragem doentia? Quantos ali sabiam que isso iria acontecer?

Por incrível que pudesse parecer, todos teriam preferido que ele se comportasse como um corrupto profissional, ou seja, negando seu erro até a morte. Ninguém queria entender nada, queriam inocentes ou culpados, só isso. Todos ali julgavam seu ato com o conhecimento de que fora descoberto, e portanto de uma forma exageradamente inflexível. O seu atenuante ético, já que recebera o suborno de quem merecia mesmo ganhar a licitação, na verdade, aos olhos dos outros, não passava de uma ilusão. Até a falsificação dos laudos técnicos feita pela presidência não servia para absolvê-lo, mesmo seus colegas não podendo ignorá-la.

"Eles querem é uma crucificação, qualquer uma, para tudo continuar igual."

Mas se ele era um traidor do povo, um funcionário público desonesto, pelo menos era um perverso indireto, um mal social. Ele não olhava no olho de ninguém e fazia sofrer. Estavam humilhando-o e usando sua própria filha para fazê-lo. Eram muito piores que ele, como pessoas, como cidadãos, como tudo!

O homem pensou em se levantar, agarrar a filha pelo braço e sair dali imediatamente. A menina, porém, levaria um susto, e a explicação iria piorar as coisas. "Não", ele pensou, precisava aguentar até o fim, por mais humilhante que fosse. Seria a única maneira de a filha não perceber nada.

Ela, enquanto isso, estava terminando de dar a volta na sala. Ao passar diante do pai, olhou-o transbordando de carinho, completamente inocente, e disse baixinho, só para ele ouvir: "Eu te amo, papi", "Eu te amo".

A mulher

Enquanto ensaiava dirigir-se à supervisora da loja e anunciar sua demissão, a mulher sentiu-se novamente com seis anos de idade. Naquela época, vinha do quarto dos pais para a sala equilibrando-se nos sapatos de salto alto da mãe, muito maiores que o seu pé, com as bochechas exageradamente maquiadas, o batom meio borrado nos lábios e as joias em exagero, colares, broches, pulseiras e anéis. Sempre havia gostado de se fantasiar com as roupas de sua mãe. Numa criança ainda tão pequena, isso ficava ainda mais engraçado, porque distorcia a verdadeira aparência daquela senhora, em quem as mesmas roupas e adereços resultavam numa austeridade completa.

Agora, ali, num canto da loja, ela se achava canhestra novamente, deslocada em relação ao que era e ao que pretendia ser.

Sempre tentara reproduzir o modelo materno. Quando menina, achava o máximo da sofisticação a mãe prender os cabelos com os óculos escuros, ou atender o telefone tirando os brincos com um gesto elegante e uma curvatura aristocrática do pescoço. Nas salinas, a mãe, proprietária, ficava cercada de homens por todos os lados, do marido diretor até o empregado mais subalterno, e nunca se intimidava. Nessas horas, era ainda mais firme e elegante. Sua mera presença impunha respeito, para não falar de seu raciocínio objetivo, de seu estilo administrativo pragmático. Até o pai, que na juventude fora dono do seu negócio e uma promessa política, o vereador mais jovem da cidade, acabara vinculando sua trajetória pessoal à administração da empresa que a esposa herdara e soubera, por muito tempo, fazer prosperar.

A postura de princesa da alta burguesia local, no entanto, era difícil de ser mantida, e por mais que a filha se esforçasse, sempre cometia algum deslize. Enquanto os pais ficavam ocupados no escritório, por exemplo, ela fraquejava e, quando via, estava subindo e descendo os montes escuros de sal bruto e cristalizado, ou chapinhando na água dos talhos no imenso território alagado. Ao chegar à diretoria, tinha os joelhos cheios de arranhões e as mãos e as roupas imundas, às vezes até o rosto. Era quando ouvia a reprimenda máxima da mãe — "Parece a filha de um pescador" —, e caía num choro sentido, pela bronca e pela constatação do próprio fracasso.

Anos mais tarde, sua fraqueza passou a ser os meninos e as meninas da sua idade. Quis experimentar a vida como eles. Mas sua mãe continuou martelando que era preciso refletir, em seus hábitos e interesses, a superioridade do seu meio familiar, demonstrando-a ou pelo comportamento em público ou, melhor ainda, por uma austeridade interiorizada, que a proibia de ter as mesmas fantasias e curiosidades que suas amigas adolescentes.

A disputa de modelos produzia nela um difuso sentimento de inferioridade. Ouvia de todo mundo que era parecida com a mãe, o que lhe soava uma grande ironia. Fazia força para que pensassem assim, mas, no fundo, não se julgava nem tão forte, nem tão inteligente.

Quando pela primeira vez sentiu os olhos de um homem

sobre seu corpo, novamente essas perguntas se agitaram dentro dela, turvando seu espírito de um jeito novo. A ousadia daquele professor do colégio, casado, e o orgulho que ela sentiu do seu frescor adolescente, das novas formas que as roupas mal escondiam, pela primeira vez mostraram-lhe que detinha sobre os homens um poder que a mãe jamais possuíra.

Entrar em contato com a perversidade do professor, porém, não a aproximou das amigas como ela esperava que acontecesse. Entendeu melhor a mãe, isto sim.

Ouvindo as amigas se perguntarem quantos homens gostariam de ter ao longo da vida — sempre a pergunta surgia: "Quantidade ou qualidade?" —, ela nunca tinha uma resposta pronta. Sentia-se capaz de ter muitos namorados, pois sabia que a juventude, o dinheiro e a beleza lhe favoreciam, mas simplesmente não aceitava a ideia de ser manipulada pelo desejo, e muito menos pelo desejo dos outros. Para algumas de suas colegas, três homens na vida era pouco, dez era bom, trinta, um absurdo. Para outras, dez era ridículo, vinte, provável, e trinta estava longe de ser um exagero. As mais espertas justificavam-se com uma pergunta lógica: "Como verificar a qualidade sem comparar?". Uma amiga, certa vez, apelou para critérios sobrenaturais: "Treze é o meu número da sorte". Muitas, claro, diziam que não existia número mágico; uma respostinha não propriamente recatada, mas covarde assim mesmo. Eram as politicamente corretas, as que só trepariam por amor, para quem o número perfeito seria o que não trouxesse sofrimento moral. Para estas, a mulher sempre apostou em cinco homens a vida inteira, no máximo dez.

"Se eu passar de cinquenta, vou achar que exagerei... um pouco", dizia a garota liberada da turma. Seus cálculos eram, inclusive, mais complicados que os das outras, pois hierarquizavam o sexo em categorias — namoros, ficadas, aventuras e derrapadas. Alguns desses fatores tinham peso maior: cinco "ficadas" equivaliam a um homem no cômputo geral; uma sacanagem forte, mas sem penetração, a meio; e assim por diante. As derrapadas eram pontos negativos.

Mas estava escrito na testa da maioria das suas colegas que teriam no máximo dois ou três namorados antes de casar. Algumas casariam com o primeiro e único. Mesmo as ousadas, no fundo, mais falavam do que faziam.

A mulher nunca imaginou que também teria apenas dois namorados antes de casar. Não esperava constituir família em plena juventude, caindo numa armadilha tão conhecida. Quem era a ingênua afinal, ela ou as amigas? De que adiantava viver seu desejo se não tinha controle sobre as consequências? Era isso que sua mãe lhe dizia desde criança. A mulher sentiu a autossabotagem chutando-a por dentro, como uma gestante sente o feto.

O pai de sua filha, no entanto, com toda a sua simplicidade, relaxava-a. Ao seu lado, podia fazer o que quisesse, falar o que quisesse, ou mesmo ficar em silêncio, pois não sentia qualquer constrangimento em apenas estar por perto. Ele, com poucas palavras, era gentil e carinhoso. Admirava-a tanto que produzia nela uma confiança inédita em si mesma.

Com a gravidez anunciada e o casamento marcado, a mulher conscientizou-se, mais uma vez, de que deveria viabilizar seu novo projeto de vida com a lucidez e a segurança da mãe. Enquanto firmava com o noivo acordos sobre decisões importantes e de longo prazo em suas vidas — a mudança para a nova cidade, o emprego que a sogra arrumou para ele —, também com a chefe da família pactos foram selados. A mãe perdoou sua tardia leniência adolescente, aceitou o homem que seu coração surpreendentemente piegas e sua carência por elogios a tinham feito escolher, mas, em troca do financiamento materno para o início daquela outra vida, a mulher ficou na obrigação de ganhar real controle da sua nova família, e de fazê-la progredir.

Se o que havia tido desde criança — beleza, dinheiro, estudo — ganhara de mão beijada ao nascer, a partir dali ela precisaria construir tudo praticamente do zero. E logo a mulher viu que não ia ser fácil. Por mais retaguarda que tivesse, experimentou uma drástica mudança de padrão financeiro. Além disso, com o marido fora o dia todo, trabalhando, ela ficava em casa olhando as paredes, suspirando no vazio, sem ninguém para lhe fazer companhia, só a barriga imensa, a empregada e o sentimento de não ser uma dona de casa tão eficiente e vocacionada quanto a mãe.

A expectativa em relação ao nascimento do bebê compensava as dificuldades práticas e materiais. No entanto, quando a filha nasceu, vieram os problemas na amamentação. "Por que tudo tem que acontecer comigo?", ela ficou se perguntando. E sua autoestima desabou pela primeira vez.

As consequências foram duradouras. A fantasia de família feliz saiu seriamente abalada, a filha cresceu para se tornar uma criança bastante diferente do que imaginava. Desde cedo, a garotinha demonstrou ter um gênio fraco e inseguro, além de excessivamente apegado aos sentimentalismos do pai e da outra avó.

Àquela altura, as salinas de sua mãe se endividaram por causa das aventuras econômicas do país na luta contra a inflação, e o alívio que as reservas maternas por alguns anos continuaram permitindo, mascarando a real situação da família na antiga cidade, acabou de vez junto com a espiral inflacionária. Assim, com a empresa decadente, a velha senhora teve de enxugar todas as despesas pessoais, restringindo as ajudas que mandava para a filha.

De outro lado, em seu emprego, o marido era um bom técnico, e só. Nunca se empenhou em ir além. Ao invés disso, descartou a amizade que ela tentara promover entre ele e o chefe, nem sonhou em agradar o deputado amigo da mãe, e desistiu logo de subir na hierarquia da empresa. Adotou um discurso ressentido, muito cômodo, segundo o qual não estava a fim de fazer "politicagem". Só que, no vocabulário da esposa, muitas vezes "politicagem" era sinônimo de "garra", "força de vontade", "coragem". Procurar outro emprego na iniciativa privada — como ela vivia sugerindo, apoiada pela mãe —, isso nem passava pela cabeça dele.

A mulher empatara sua juventude naquele casamento. Seu marido podia se fazer de vítima mil vezes, mas era muito injusto. Irritavam-na suas queixas do trabalho e do chefe que o perseguia, quando na verdade o marido é que tinha odiado a vez em que o convidaram para jantar, e que fugia dele quando o encontravam no clube dos funcionários. O marido se afundava ao eleger como amigos apenas os subalternos seus colegas, com aquela autopiedade que o fazia só se sentir bem entre pessoas tão ou mais pobres e ignorantes.

A mulher lutou sozinha para que a vida melhorasse, enfrentando inclusive o comodismo daquele homem que, para dar a ela e à filha o máximo de conforto, ou era inepto ou não fazia todo o sacrifício prometido. Ele convivia tranquilamente com o achatamento do salário do funcionalismo público, que viera para ficar. E quando se justificava, dizia que os problemas da vida dela eram sempre culpa dos outros. Mas isso era ele invertendo os discursos, ou não era?

No seu entender, as mudanças de comportamento pelas quais a sociedade passara nas últimas décadas haviam sido bastante problemáticas para as mulheres. De um lado, claro, conquistaram mais liberdade e mais poder. Porém, após um primeiro momento de incômodo, tudo que os homens precisaram fazer para se adaptar fora admitir seu enfraquecimento, dividir responsabilidades, deixar de ser os provedores da família. Já as mulheres passaram a ter de conciliar os opostos: a esposa e a mãe aos desejos sexuais liberados, a dona de casa à profissional bem-sucedida.

Ela não tinha o direito de ser idealista, e muito menos covarde. Tinha esse compromisso com a mãe. Precisava encarar a vida de frente. Nunca se julgou nem superior nem inferior às suas obrigações. Quando a filha completou dois anos e foi para a pré-escola, a mulher abandonou o plano de fazer faculdade e arrumou o primeiro emprego. Ter o próprio dinheiro era a única maneira de recolocar sua vida na direção certa.

Uma vez contratada, como qualquer vendedorazinha iniciante, foi "incentivada" a usar as roupas da loja. Começou ganhando as peças mais baratas; dois jeans, três opções de parte de cima e um único sapato, praticamente um uniforme de fábrica. Precisou fazer no cabelo um dos cortes "recomendados" e moderar nos esmaltes, na forma das sobrancelhas etc. Precisou ainda tomar cuidados com a pele (o que incluía nunca pegar muito sol ou ir para o trabalho exageradamente bronzeada), usar perfumes e "se informar", isto é, ler jornal, ir ao cinema...

Foi difícil, para alguém como ela, criada feito princesa, aceitar imposições assim, mas a mulher deixou seu orgulho espernear à vontade. Reconheceu que havia algo de bom naquilo tudo — além do salário no fim do mês, é claro —, algo que sua família não pudera lhe dar, ou que certa rebeldia juvenil a impedira de absorver. Ela aceitou ser reciclada. Tinha base, berço e coragem suficientes.

Como recompensa, o trabalho revelou ser o único espaço da vida que obedecia a sua racionalidade. Ela, como chefe de família, dona de casa e mãe, queria dar certo, fazia o melhor, mas sempre ficava aquém das próprias expectativas. Como profissional, causa e consequência finalmente se concatenaram. Após alguns meses no emprego, já tinha se destacado. No ano seguinte, arrumou outra colocação, numa loja melhor, de marca famosa, num shopping. Como já tinha experiência, recebeu um desconto de cinquenta por cento nas roupas que tinha de comprar para usar, com o pagamento em três vezes saindo direto do salário. Aos poucos, foi ganhando uma elegância talvez não igual à da mãe, pois os tempos eram outros, mas equivalente.

Embora nunca tivesse deixado de ser vaidosa, decidiu então apagar do seu corpo os últimos sinais da gravidez, fazendo horas e horas de ginástica por semana, submetendo-se a um regime severo, montando meticulosamente um arsenal de cremes e poções mágicas contra o envelhecimento dos tecidos, das expressões, das mãos, do pescoço e das carnes abdominais. Era como se quisesse começar a vida novamente.

Em dois anos do novo emprego, virou subgerente. Passou a ter um salário melhor e a receber as roupas a custo zero. Se o salário do marido não estivesse tão defasado, se a estabilização econômica do país não tivesse minado de vez as finanças maternas, poderiam ter chegado a comprar um apartamento, em um bairro mais chique, a trocar de carro todo ano, a fazer uma viagem ao exterior, ou pelo menos a construir alguma rotina social que fosse além de ficar em volta da piscina do clube, sempre com a mesma turminha "da firma".

Irritava-a, sobretudo, perceber que o marido torcia para ela não dar certo na nova cidade, vê-lo se regozijando com a distância entre ela e seus objetivos.

O novo emprego trouxe-lhe também um círculo de amizades independente daquele que o marido tinha a oferecer, e bem mais interessante. Na loja, as outras vendedoras, se não ricas de origem, no mínimo haviam estudado em bons colégios, ou então, como ela, eram meninas que haviam nascido em famílias com algum horizonte. Não era tão livre quanto elas — embora fosse só um pouco mais velha, tinha a filha, um marido, obrigações de outra ordem além do emprego —, mas lutava para não se isolar, para expandir seus interesses em todos os sentidos, inclusive sociais. Se tivesse ficado reclusa em si mesma, como o marido, se tivesse cedido ao orgulho que ela agora via como pueril e interiorano, é bem provável que permanecesse de fora, mas, pelo contrário, entrou na turma das colegas. Ia a bares, saía para dançar, conhecia pessoas novas.

O marido chegou a participar de alguns desses programas, mas logo ficou evidente que não adiantava misturá-lo ao grupo. Boa parte dos homens era gay, o que o deixava desconfortável, e as mulheres ele achava muito "desbocadas". Enfim, não relaxava e acabava sendo um peso morto no seu esforço de integração. Depois de um tempo, quando alguma saída com a turma mal ia se anunciando, na sexta ou no sábado à noite, o marido simplesmente apelava para o bordão "Alguém tem que ficar em casa com a criança", e os dois, num acordo tácito, fingiam que esse era mesmo o único problema.

Ele também, por mais que a mulher insistisse em produzi-lo, continuou se vestindo como o que era, alguém de hábitos simples e totalmente desligado dessas vaidades. Chegaram ao ponto, quando saíam juntos, em que não pareciam marido e mulher, mas uma patroa e um motorista, ou coisa que o valha.

De tudo, o que mais a humilhava, e enfurecia, era a dedicação do marido em ridicularizar seus esforços de aprimoramento cultural. Que mal podia haver em alguém querer isso? Só ele mesmo para continuar acreditando na ética da ignorância. Quando ela comprava um livro um pouco mais grosso, fosse o que fosse, ou tinha vontade de ir ao teatro, assistir a um espetáculo qualquer, ele ria, simplesmente ria, e tropeçava nas palavras:

"Desde quando... você?"

Claro que doía mais quando ela própria achava o livro complicado, ou aborrecido, e acabava largando-o no meio. Era como se confirmasse as limitações intelectuais que o marido fazia questão de apontar. Ou pior ainda, quando ele se aliava à filha para ridicularizá-la. A menininha não entendia muito bem, mas achava graça na apologia da mediocridade. Certa vez, quando a mulher comprou um caderno bonito, um lugar onde pudesse escrever o que lhe desse na telha, ouviu do marido uma pérola de preconceito: "Escritora...? Tudo sapatão".

Assim cresceu sua mágoa em relação ao casamento. Novamente, a mãe foi quem melhor passou a entendê-la. Ambas se reconheciam em relações parecidas.

Faltava à sua união uma base de interesses comuns, capaz de levá-la adiante; só a filha não era suficiente. Até porque sua relação com a menina era difícil. E agora, aceitando "ir morar perto da vovó", ela tomava definitivamente o partido do pai, embora fosse medrosa demais para assumir com clareza. Será que um dia aquela menina iria entender a mãe, como agora a mulher entendia? Será que aquela menina iria se libertar do romantismo perverso do pai?, aquele homem que posava de santo, como se nunca a tivesse enganado, como se fosse incorruptível...

Todos esses estranhamentos domésticos deixavam a mulher aflita, culpada, inquieta e arrependida. Como contrapeso ao desânimo conjugal involuntário, em outros momentos a revalorização da família e do marido propiciava-lhe um certo alívio. Apesar das diferenças, ou melhor, exatamente por causa delas, estar ao lado do marido e da filha de alguma forma funcionava como um filtro, pelo qual seus traços "egoístas" — a ambição social e financeira — eram relativizados. Os dois formavam seu lado menos prático e materialista. Aceitá-los também fazia parte da sua receita de felicidade. Mal ou bem, eram um arrimo, uma fonte de autoconfiança, que ela se esforçava para manter. A família era um valor independente do juízo que fazia sobre seus integrantes. Nem gostava de pensar em como teria sido a sua vida se, lá atrás, tivesse tirado o bebê e escapado do casamento. Uma coisa, a mulher pensava, era sair com os amigos, outra era ter uma casa cheia para onde voltar depois.

A divisão interior entre a família que a rebaixava e a que a fortalecia nunca foi pacífica, mas pelo menos o marido não era do tipo ditatorial, um ciumento doentio, que a obrigava a abrir mão da vida fora de casa. A mulher aprendeu, de um jeito ou de outro, a lidar com suas contradições cotidianas. Até que meses antes, no clube, o chefe do marido veio falar com ela num outro tom, e alterou esse equilíbrio precário. Lá atrás, quando sua mãe mencionara o deputado amigo que poderia arrumar uma vaga para o marido, ela nunca imaginou que acabaria se envolvendo com o assessor dele. Quando tentara promover a aproximação do marido com o chefe, suas intenções haviam sido as melhores. E apesar da resistência do marido em fazer amizade, com ela o sujeito sempre fora absolutamente gentil, como se estivesse mesmo preocupado com seu bem-estar e o de sua família na cidade nova. Mas o assédio daquele outro homem, a mulher sabia, tinha muito a ver com as transformações que ela própria havia sofrido. Não era mais a jovem interiorana recém-chegada, que não sabia nada de nada.

Sentimentos não experimentados e fantasias não realizadas na idade certa reacordaram com os toques precisos, firmes e compreensivos do amante. Nos encontros clandestinos ela recuperava o contato com a juventude mal vivida e com seu corpo, mas de maneira muito diferente da que lhe propiciavam os aparelhos de ginástica, os espelhos, o olhar dos homens em geral. Novamente encontrou em si o poder que nem mesmo sua mãe jamais lograra, e dessa vez recusou-se a abrir mão dele. Precisava daquilo para continuar sendo chefe de família.

Não se iludia, achando que o sexo podia ser feito sem sentimento, que pudesse ser apenas sexo, pura atração física. Havia sempre algum sentimento regendo o encontro de dois corpos. Engano era achar que o sentimento deveria sempre ser amor. O sexo podia ser presidido por necessidade de afirmação, ou pela revolta contra imperativos controladores; ou por trás do sexo podiam estar o tédio, o desprezo, a posse, o medo de morrer cedo, o gosto pela experiência, o ciúme, ou até sede de autoconhecimento. Podia ser inclusive em relação a uma terceira pessoa, que nem estivesse participando.

O adultério trouxe outra sensação muito boa: tudo aconteceu naturalmente. Não havia sido ela a tomar a iniciativa, não havia sido ela a comandar cada passo, e isso lhe dera uma inebriante sensação de leveza.

A mulher nunca achou que a relação fosse longe. Contentava-se com os estímulos do amor clandestino; era disso que precisava, na verdade, e não de outro casamento. Embora suas situações conjugais não fossem idênticas, visto que ele não tinha filhos, a mulher se deixou contagiar por uma conveniente habilidade em separar satisfação sexual e convivência doméstica. Desse modo, manteve a culpa pelo adultério em um nível controlado.

As queixas do marido de que era perseguido no trabalho a preocupavam, mas o amante negou com veemência qualquer predisposição à injustiça. Apenas, disse ele, não podia aceitar o comodismo do típico funcionário público; tinha obrigação de coibir o espírito do "deixa estar para ver como é que fica" entre seus subordinados. Ela, um pouco envergonhada, reconheceu o homem que o amante estava descrevendo.

Um belo dia, porém, o marido se revelou mais misterioso do que passivo, mais desleal do que obediente. A mulher não havia desconfiado de nada. Sem gastar um mísero centavo do suborno recebido, feito o menino culpado que esconde as cuecas sujas, ele guardara tudo numa sacola no escaninho do vestiário do clube. Era difícil imaginar que tivesse sido capaz, e que tivesse realmente acreditado que aquela quantia ridícula seria suficiente para a mulher desistir de ter um futuro melhor e voltar para "casa".

Quando o escândalo veio à tona, ela e o amante chegaram mesmo a se perguntar se o marido não partira para um golpe tão arriscado por saber que ela tinha outro e por achar que, com dinheiro, a traria de volta. Talvez até mesmo, de algum jeito, soubesse que o "outro" era ele, o chefe odiado, dando ao golpe o duplo caráter de reconquista da esposa e de vingança. Mas como o marido poderia saber?

Então, quando o amante foi chamado a depor, na condição de superior hierárquico do acusado de corrupção passiva e da venda de informações sigilosas, a mulher, embora sofresse com a trágica ironia da situação, precisou aceitar que ele, para se proteger, para deixar bem claro que não havia participado de nada, falasse tudo o que havia observado e pressentido. Seu marido, ao contrário do que imaginou, não havia sido tão discreto assim em suas ligações com o corruptor, em suas idas à xerox, em suas perguntas aos colegas sobre os resultados dos testes de que não tomara parte. Ela, claro, nunca acreditou na corrupção maior que engoliu o pai de sua filha.

Supostamente a locomotiva do casal, na verdade, nas horas cruciais, a mulher estivera sempre a reboque ou dos acontecimentos ou das armações desastrosas do marido. Talvez carregasse aquele peso todo em seus ombros à toa, afinal. Partir com ele e a filha, pedir demissão do emprego que mais a aproximara de seus objetivos, não era apenas uma demonstração de amor. As aparências enganam. Ter ambições pessoais e materiais não era apenas leviandade. Inteligência e força, para ela, não eram, necessariamente, elementos constitutivos da perversidade, apesar do que a modéstia católica do marido acreditava. "Toda modéstia é falsa", a mulher vivia repetindo.

O que sua mãe escolheria naquela situação: a família ou o trabalho? A família ou o futuro? A paixão ou o compromisso? A velha senhora jamais precisara fazer tal escolha; mulheres da sua geração raramente tiveram esse problema. Quando, no auge da crise, sem ter mais a quem recorrer, arriscou essa pergunta, a mãe primeiro se fez de difícil, disse que ela precisava decidir sozinha, depois ofereceu a ajuda do deputado. Mas como ele poderia ajudar? A mulher não aceitaria mais qualquer emprego. Sua vida profissional agora já caminhara para outro lado.

Quando cogitava ficar de qualquer jeito na nova cidade, irritava-a constatar que ainda não ganhava o suficiente para se sustentar com a filha e continuar no apartamento em que morava. Como o marido estava virtualmente desempregado e com a ficha suja, a única solução, do ponto de vista financeiro, era mesmo correr para debaixo da saia da mãe.

Afora isso, as opções eram drásticas. Quem sabe pudesse virar a outra exclusiva do amante. Era o que ele propunha. Não rejeitava a hipótese por moralismo, mas por orgulho. Achava ruim quando sentia o marido pesando em sua vida, e não queria fazer o mesmo com outra pessoa. E depois, o amante a receberia como uma mulher cuja educação precisava ser terminada, enquanto o marido corria atrás da sua agenda de prioridades.

Qual o real valor da insistência do amante para que ficasse? Quanto tempo iria durar sua determinação?

Aos olhos dele, e isso a mulher, sendo mãe, percebia nitidamente, sua filha era descartável. Mas ela não se imaginava sem a menina; ao mesmo tempo, via-a muito mais apegada ao pai, e não tinha coragem de separá-los. O amante alegava que hoje em dia era normal, após uma separação, os filhos ficarem com o pai, e que ela não devia se recriminar por isso. Ele, quase perversamente, reabria as cicatrizes no instinto maternal da mulher.

Desde que o marido comunicara sua decisão de voltar, a mulher procurara dentro de si a vontade necessária para não ceder, para resistir. Mas ficar era se pôr diante de uma liberdade excessiva que, ela intuía, cobraria seu preço. Já tinha aprendido que o futuro não era de confiança. Ao final de tudo, restava o medo. Lembrava-se de uma ricaça da antiga cidade, amiga de sua mãe, cuja fama era de ter sido maravilhosa na juventude, dizendo com sabedoria: "Eu não sinto mais o olhar dos homens em mim".

Sem reação, a mulher assistia a uma força negativa baixando sobre ela, à medida que se preparava para anunciar sua demissão à supervisora da loja. Sentia-se perdida num labirinto, repetindo os trajetos, os argumentos, seus desejos e obrigações. No entanto, tinha clareza de que sua vida, a partir daquela decisão, daquela viagem maldita, iria retroceder. Ironicamente, seu derradeiro fracasso como mãe de família era continuar sendo mãe de família.

E ali, a poucos metros da supervisora, olhando-a de lado, a mulher se rendia ao medo. Sua beleza física, tão valorizada, lapidada em exercícios e potencializada pelas roupas de bom gosto e pela maquiagem, não valia de nada naquele momento. Era a farsa da infância outra vez, equilibrando-se em saltos caricatamente altos.

A vida que levava, em si, talvez nem fosse tão ruim, como o marido sempre tentava convencê-la de que realmente não era. Mas e daí, se não conseguia parar de pensar à frente, almejando coisas novas?

Se Deus realmente existisse, o sentimento de autorrealização e os laços de afeto jamais entrariam em contradição. Mas, a despeito do que os pais deles imaginavam, e agora o marido também, o corrupto convertido, Deus se tornara um engravatado de maus modos, balofo, suarento e fraudador do INSS.

No meio da loja, prestes a colocar um ponto final em seus projetos de vida, a mulher se olhou no espelho, aprumando o corpo. Tomou coragem, chegou perto da supervisora e disse: "Preciso conversar com você".

9:05

O amante não viu dois seguranças uniformizados chegando para controlar a situação. Atraídos pelos gritos da mulher, e por aquele horror vivido em plena rodoviária, ao serem informados do sumiço da menina eles conduziram o pai e a mãe à delegacia e ao juizado de menores, que funcionavam numa mesma sala no segundo andar da rodoviária, distante das plataformas de embarque.

Mais de meia hora depois, a mulher está sentada, de cabeça baixa, óculos escuros e com os cabelos na cara. Parece recorrer à imobilidade como forma de garantir que o surto acabou. Está se observando por dentro, com uma grande vontade de ficar invisível. Até porque os homens que trabalham ali inspiram nela um sentimento de opressão, com suas caras decadentes, roupas feias e armas velhas. O retrato de uma segurança deformada.

O delegado e um segundo policial ainda afetam um mínimo de gentileza. O terceiro homem simplesmente não se mexe, sentado num canto. O delegado tem o corpo massudo, culminando em um pescoço largo, esganado pelo colarinho, que denuncia o quanto é precária sua elegância. O segundo policial, por sua vez, tem um rosto muito branco e, a mulher repara, usa horríveis mocassins pretos com fivelas douradas (o pesadelo ainda tem esses detalhes mórbidos). São figuras pegajosas, escrotamente derretidas pelo seu jeito de madame, enquanto tratam aos pontapés os zés-povinhos que aparecem no balcão.

"Como eu vim parar aqui?"

A mulher lembra apenas que, ao se dar conta do sumiço da filha, uma erupção começou. E depois do tapa que levou do marido, seu corpo, superaquecido, explodiu de vez para cima dele. Que interesse poderia ter, àquela altura dos acontecimentos, em lhe contar tudo? Ela tenta se lembrar das exatas palavras que escolheu para atingir o marido, mas não consegue, no fundo não aguenta. Nesse momento, sente uma imensa onda de ternura em relação ao pai de sua filha.

Está sentada numa cadeira atrás do balcão. Numa mesinha, providenciado pelos policiais, tem um ex-copo de requeijão cheio de água com açúcar. Na aflição, tomou um ou dois goles assim que o recebeu, mas preferia mil vezes um bom ansiolítico. Sempre odiou água com açúcar: "Mau tranquilizante, além de engordativo". Por isso os cristais brancos, visíveis no líquido morno e transparente, depositam-se no fundo do copo como pequenos micro-organismos fulminados pela imobilidade.

O delegado e o auxiliar fingem que não estão prestando atenção nela; mexem papéis amassados, teclam computadores medievais, falam um com o outro. Mas apenas fingem não prestar atenção, porque tê-la sentada ao lado deles, em plena delegacia de rodoviária, é um acontecimento raro; metade presente, metade incômodo. Cantos e cantos de olhos a todo momento fingem que não a desejam, pois o que veem os três homens ainda é um semblante intenso, carregado, que os intimida. Sabem que há de tudo ali, por trás das lentes pretas dos óculos.

E a mulher também finge que não está atenta ao menor movimento de cada homem naquela sala. Tanto está que percebe quando o auxiliar e o delegado mostram o que realmente são — ao atenderem no balcão outra pessoa não tão bem-vestida ou clara de pele, ao falarem no telefone, ao comentarem outras ocorrências. Eles mantêm diálogos nos quais pululam erros de português, expressões grosseiras, preconceitos e um desentendimento absoluto do que se esperaria que policiais dissessem, pensassem ou sentissem.

Os braços da mulher se esticam até a bolsa, deixada num banco ao lado. Sua cabeça quase não se move enquanto ela abre o grande saco de couro, com a marca da grife em dourado. Encontra, puxa e acende um cigarro.

Dá tragadas fundas. Os policiais assistem a uma última lágrima fugir naquele instante pelo seu rosto abaixo, expulsa pela recuperação. Foi um movimento retardado, eles deduzem, vendo a mão da mulher agora mais firme. O terceiro policial, em completo silêncio, estica-lhe um cinzeiro. Ela agradece, ligeiramente assustada pelo gesto.

Ao chegar ao fim do cigarro, decide que está na hora de se recompor. Um pouco porque já se encontra de fato mais calma, um pouco porque ainda pode se acalmar mais, e a boa aparência sempre favoreceu seu equilíbrio. Ela respira fundo e tenta relaxar; dá um primeiro jeito nos cabelos, amaina o rosto — já desinchado e sem marca da agressão que sofreu —, descontrai os ombros e o pescoço, corrige a postura da coluna e faz novo gesto em direção à bolsa. Mas a mulher para no meio, porque, de repente, imagina como o ato de pentear seus cabelos afetará os homens que a cercam.

"Azar o deles", conclui em seguida.

Então apanha sim a escova e, enfrentando os olhares dos três policiais, se penteia com o máximo de dignidade possível.

Já convencida do bom efeito, termina o serviço: pega o batom. Os policiais compartilham telepaticamente o desejo, enquanto a ponta vermelha e cremosa roça nos lábios entreabertos da mulher. A simples ideia de aqueles homens a desejarem lhe causa arrepios. "Deus abençoe as calças compridas", ela pensa. Os policiais a espreitam, e ela então repara melhor no terceiro policial, o que lhe esticou o cinzeiro. De barba, com um ar cansado no rosto, é o único que não finge ser mais do que é. Sentado, balança resignadamente um molho gordo de chaves.

A rodoviária está bem cheia agora, e afinal suas reais dimensões se apresentam. A amplitude dos espaços se revela, preenchida por centenas de pessoas andando para lá e para cá. O dia começou de repente. É véspera de um fim de semana prolongado e todo mundo quer viajar. Pessoas carregadas com bagagens andam de um lado para o outro, com os bilhetes nas mãos, conferindo o número de suas plataformas de embarque e o horário dos seus ônibus.

O marido, em outro ponto da rodoviária, procura a filha, naufragando na paisagem móvel da multidão. Um policial o segue de perto, ajudando-o na busca. Ele não consegue acreditar no que ouviu da mulher, tampouco no tapa que lhe deu. Nunca se imaginara batendo nela.

Por mais que seu casamento lute para continuar, a sequência dos acontecimentos põe à prova tal determinação. O acesso dela podia até passar, e a raiva e o ressentimento dele também (por mais que o agridam as cenas imaginadas da mulher com aquele outro homem — sua calcinha deslizando pelas pernas bem desenhadas, vencendo a última barreira dos tornozelos), mas nunca poderiam superar o desaparecimento da menina. Se o pior acontecesse, marido e mulher, como dois sócios falidos, iam naturalmente preferir se afastar um do outro.

Mesmo encontrando a criança, era difícil saber se realmente, um dia, conseguiria esquecer a traição e o tom de desprezo da mulher ao revelá-la. Um canalha que já o humilhava tanto, e agora do pior jeito de todos — enfiando-se por dentro da sua mulher, chupando os peitos da sua mulher (os mesmos peitos que não se ofereceram tão generosamente à própria filha).

Enquanto luta para não se perder nas correntezas de gente entrando e saindo das plataformas, ele pensa que, se algum dia a sucessão de calamidades em sua vida acabar, talvez já não sobre mais nada. Talvez já tenha perdido, além do emprego e dos sonhos, o orgulho, a honra, a pureza de seu amor, a mulher e a filha.

Com esses pensamentos ruins estampados no rosto, o olhar do homem rastreia o espaço muito além do corpo, subindo acima da multidão ondulante. Tudo faz parte da sua urgência, enquanto o policial vem atrás, repetindo "Dá licença, dá licença...". A massa de gente avança e recua ao redor, com um volume profundo.

A mulher, na delegacia, recusa definitivamente o intragável copo de água com açúcar. Pede um de água gelada. "De preferência potável", tem vontade de acrescentar, enquanto puxa outro cigarro.

O juiz de menores aparece, magro e nervoso. Os policiais explicam-lhe a situação. A mãe da menina desaparecida não fala nada, e, como não fala, ele pensa em algo para lhe dizer. Então, chegando mais perto, pergunta se está melhor, se há alguma coisa que possa fazer.

"Estou", ela responde, e pergunta se pode ir ao encontro do marido.

O delegado e o juiz preferem que fique ali. Seria contraproducente sair agora: "Eles vão encontrá-la".

A mulher finge estar confiante e vira o rosto. O futuro está em aberto, agora mais do que nunca.

Ela pode lutar contra a natureza complacente do marido, contra sua tendência à idealização das coisas e das pessoas, da realidade e dela própria, como esposa, mulher e mãe; pode ficar imune e até desprezar intimamente a opção dele por ignorar as imperfeições intrínsecas a todo mundo e se acomodar às grandes restrições da vida material cotidiana; mas viver com o marido sendo tão diferente propicia-lhe um bem difícil de explicar. Sentir-se mais forte do que ele faz dela mais forte do que realmente é.

Agora, assumida a existência do amante — e justo quem —, corre o risco de ter destruído no marido a crença no laço que mantinha em família a esquizofrenia do casal. Quer a filha de volta, mas nem isso apagaria a sensação de que passou por uma mudança radical. O nome, a cara, o número do CPF, a profissão, o casamento, o marido, o amante, os encontros, a elegância das roupas, tudo pode continuar igual, mas ela não. O descontrole prova, aliás, que já é outra. A vida se levantou e saiu andando.

A mulher tenta pensar na filha, só na filha, para se deixar um pouco de lado. Nunca entendeu como aquela criança gostava de ser amada, mas ama-a assim mesmo, do seu jeito. Então sente, pela segunda vez na vida, um certo alívio em ficar submissa aos acontecimentos. Não sentiu isso quando se descobriu grávida, ou quando o marido confessou ser corrupto. A outra vez foi quando se entregou fora do casamento. O sumiço da filha é um pesadelo, mas não ofusca inteiramente a sensação de uma confortante vulnerabilidade. Derrotada, a mulher não tem a menor ideia do que é melhor para cada um deles. Não sabe mais se devem ficar juntos, ou voltar juntos, ou voltar separados, ou ficar separados. Talvez a filha deva ser afastada da confusão e levada para a casa de uma das avós, sem vê-los naquele estado deplorável em que viverão ainda por algum tempo. Tudo lhe parece trazer boas e más consequências; nada é perfeito, nada é só ruim. Sente sua crítica anulada, e sente que isso pode ser bom (uma atitude nova). Deseja outra consciência, mais ativa do que nunca, só que menos racional.

O desejo de encontrar a filha é sua única convicção, um instinto, mas as desgraças, de agora em diante, podem atingi-la sem que isso ganhe a conotação de fraqueza pessoal. A experiência humana se horizontaliza diante dela num trilhão de possibilidades. É dilacerante, por um lado, mas permite uma abertura inesperada.

Uma menina de costas, de aproximadamente seis anos, com cabelos louros e os braços dobrados junto ao corpo, por um delicioso segundo dá ao pai a sensação de ter acabado a agonia. Um caminho súbito se abre na confusão peripatética. Ele avança sem respirar, confiante, até que segura a menina pelos ombros, impõe ao pequeno corpo um giro dorsal e, ao virá-la, vê seu próprio rosto frente a frente, se vê espelhado em outro pai, e sua mulher e sua menina em outra mãe e filha, desconhecidos.

Os pais da criança levam um susto com a aparição daquele homem excepcionalmente grande junto a ela, agarrando-a pelo ombro. O homem coloca a mão em seu peito e o empurra, apesar da diferença de tamanho entre os dois. Ele solta a garota, que, assustada, corre para perto da mãe. Após um momento de reajuste mental, as diferenças brotam; esta é sardenta, está de camiseta, calça jeans e tênis, não de vestido, casaco de tricô e sapatos de verniz; nem é tão bonita. O homem se desculpa atarantado e dá três passos adiante, deixando que o policial explique a situação e justifique seu comportamento estranho. Então recomeçam a busca.

A expectativa subitamente elevada de haver encontrado a filha, logo em seguida frustrada de maneira tão constrangedora, o esvazia por um momento.

"Onde, agora?", pergunta-se alarmado, quase com falta de ar.

Então é o policial quem pergunta se está passando bem (talvez por causa da palidez fria que lhe escorre no rosto).

"Não", ele responde, traindo uma nota de irritação na voz.

Deveriam voltar para a lanchonete, sugere o policial, de lá tomando outra direção; e a isto o pai, desnorteado, ouve como uma ordem, à qual obedece dolorosamente. Tenta adivinhar em que a filha poderia estar pensando quando saiu do lugar onde sentou na roda com as crianças e não foi encontrá-los na lanchonete. Onde podia estar sua cabeça? Se os fatos do mundo se ordenarem iguais ao fluxo dos pensamentos de uma criança, então são de uma coerência simples e eternamente fresca, lógica e sentimental, que ele esqueceu como funciona.

"Ela saberá ouvir o alto-falante?", o pai se pergunta, duvidando.

O racionalmente mais provável é que nada de grave tenha acontecido; alguém deve tê-la encontrado, acalmado, e nesse instante deve estar lhe comprando um refrigerante, um sorvete, para mantê-la ocupada e inconsciente do risco, ou talvez esteja levando-a pela mão à sala da polícia, onde ficou a mulher.

Mas e se estiver morta?, atropelada sob os pneus gigantes de um daqueles ônibus? E se uma roda de gente no meio da pista de manobra se abrir de repente, vendo o policial junto dele, e ao se abrir revelar o corpinho ocupando um pedaço vermelho de chão? Ou ainda o pior, se nunca mais a encontrar; se não estiver perdida, mas sequestrada, levada por alguém, alguém que nunca tenha tido filhos, alguém que perdeu a cabeça, alguém que sodomize menininhas, alguém que a faça engolir saquinhos de cocaína e atravessar a fronteira do país, ou alguém agindo a serviço do tráfico de órgãos? A testa do pai se enruga e seu olhar vai ficando carregado à medida que esses pensamentos lhe batem na cabeça. A ideia de achar a filha morta, abandonada no banheiro feito uma carcaça num açougue, estripada por um rim, um fígado, faz sua boca se contorcer. Ele franze os olhos bem apertados e depois abre-os intensamente, para revelar à sua mente a verdade do momento; por pior que seja, é melhor do que as atrocidades imaginadas.

Quer seus olhos enxergando o que tem, o que existe; quer a vida que sente, a sua, e não mais penhorá-la como se o único resgate possível fosse um futuro de virtude incerta. Se o tempo é dinheiro, essa equivalência se dá de forma inversamente proporcional.

Seus anos aqui — e nesse momento ele olha a linha de edifícios na vizinhança da rodoviária, quase tendo um engulho — mostraram que o melhor ficou para trás. Nesta cidade, como todo mundo, só executa, ganha, gasta. Tinha medo de se tornar alguém assim quando chegou, mas o medo não evitou que o pior acontecesse. Precisou fazer, fazer e fazer, e ser colega de pessoas perfeitamente aptas a qualquer coisa, mas dependentes do grito do chefe, viciadas na pressão psicológica do chicote. Colegas que, por conta própria, somente se revelaram incapazes de perdoar.

A vida numa escala grande demais, numa cidade faminta da água, da terra, do subsolo, do ar, a tudo cortando e engolindo; a cidade incompatível com qualquer atuação regeneradora, libertadora do tempo, da hierarquia, pois sempre alguém está acima, mandando em você, dispondo de você, ou abaixo, invejando você, querendo o que é seu.

Por todos os lados, via as pessoas sacrificando justamente aquilo que era mais precioso. O crescimento populacional sacrificava o espaço, provocando o acúmulo de objetos, de lixo, de prédios, permitindo lares cada vez mais sufocantes, banheiros cada vez menores, salas e quartos cada vez menores; as ruas sacrificavam a tranquilidade, com os engarrafamentos, as filas, as aglomerações; as pessoas sacrificavam sua segurança, mas não apenas a segurança da integridade física, negativa, também uma forma de segurança positiva, que existiria somente em um contexto pacífico, de raízes bem plantadas, da convivência com os mais velhos e com os outros em geral; a equivocada eleição das prioridades sacrificava as melhores qualidades das pessoas e do país. Assim ele chegou ao buraco para descobrir que estava mesmo fadado a terminar como um idealista corrompido.

O que havia tentado era apenas botar um dinheiro no bolso, para então revalorizar o mundo a sua volta. Precisava renomear tudo, como se estivesse aprendendo uma língua diferente e colando em cada objeto uma etiqueta com o seu novo nome.

Na cabine feita delegacia, ainda cercada por policiais fedorentos, a mulher olha as horas no relógio da parede. Agora faltam apenas quarenta minutos para o ônibus. Ela, o marido e a filha chegaram naquela rodoviária imunda há duas horas e meia. Os móveis da família estão encaixotados num depósito, até encontrarem outra casa, na cidade que deixara séculos atrás, planejando nunca mais voltar (sua vida fora dividida em duas no dia do embarque de vinda para a nova cidade, e agora estava prestes a se dividir em três, dependendo do que acontecesse com seu casamento).

O marido, tartamudo, tinha sido a sua âncora, para o bem e para o mal. Ao vê-lo brincando com a filha, a mãe se esforçava em aprender e desejava ser um pouco mais interessada e um pouco mais espontânea, embarcando nas fantasias infantis, decorando as cantigas de roda e a coreografia das palmas, sem a sensação de que ao fazê-lo perdia seu tempo, não achando — ela adoraria isso — a infância ridícula.

Ao ver o marido dar banho na filha, trazer-lhe o jantar, que muitas vezes ele mesmo havia preparado, o qual a menina comia assistindo aos desenhos da televisão, a mulher sentia-se tocada por alguma coisa indefinível, que se derramava igualmente sobre a filha e sobre o marido, e sua consciência sempre rápida, aguda, recebia toda vez uma demonstração de que a vida podia ser vivida diferentemente. Não contara antes que o amante existia por medo de perder esses momentos frágeis, pois são eles os primeiros a morrer num casamento perto do fim. Mas, infelizmente, a estranha simplicidade do marido e da filha não conseguia penetrá-la muito além da pele; a mulher admirava-a, porém vivia-a sempre de maneira superficial.

Atraída pela grande vidraça, com vista para a rodoviária, ela se levanta e encosta o ombro no vidro, olhando tudo de uma vez. O policial do molho de chaves continua encarando-a. Lá embaixo, hordas de pessoas vão e vêm. A mulher encosta as mãos no vidro, sentindo-o gorduroso. Está quente ali, estão todos sujos, cansados, esmagados pela rotina.

Ela suspira, abaixando a cabeça. Tivesse o marido perguntado se devia ou não aceitar o suborno, teria respondido que sim, no ato, ainda mais com os atenuantes, que a ela pareceriam decisivos. Só que ele não perguntou, fez porque quis, porque também estava, no fundo, insatisfeito, inquieto, querendo mais do que a vida que levavam, mais do que o salário lhe rendia, mais poder do que tinha, mais amor do que a filha e ela podiam dar.

"Ninguém é diferente", a mulher pensa.

A opção pelo suborno, naqueles termos, sequer mereceria castigo. Teria sido uma boa oportunidade inofensivamente aproveitada. Mas lhe parece estranho, ou melhor, lamentável, pensar que o marido, ao optar sozinho por se corromper, perdera a alma de virtuoso, assim como ela se degradara de forma nova ao agredi-lo com seu caso extraconjugal.

"Está errado! Tudo errado!", o marido pensa, enquanto seus olhos se afogam em mil rostos desconhecidos e seu equilíbrio é jogado de um lado para o outro. Precisa encontrar a filha, tudo agora depende dela. A manutenção da família é seu interesse automático, ele constata, quase assustado com sua própria leniência diante da traição da mulher.

Como reencontrar uma filha depois de perdê-la? Seria um reencontro, de fato, ou um encontro de duas pessoas transformadas? Ele não tem mais nada, só a família. Depôs, confessou, falou tudo, devolveu o dinheiro, colocou sua sorte nas mãos da lei. Os processos em andamento rondam sua cabeça. O corruptor, com o passado em comum, com seu anel, suas bebidas e seus cigarros, seus restaurantes, sua conversa amistosa, seu olhar invasivo, foi-se embora num delírio, pois não é ele a peça defeituosa na máquina pública.

Atenuantes e agravantes lhe soam parecidos. Só quer saber quanto e como vai pagar, na cadeia ou fora dela; só quer pagar e viver. Precisa da filha para isso e, ele crê, da mulher também. Está rasgado pelo que qualquer homem sente quando se descobre traído — mistura de orgulho em carne viva, tesão refletido, ao imaginar o que ela fazia com o amante na cama, vontade de estuprá-la, de vê-la com outros homens, de matar o amante, de castrá-lo e grelhar os testículos para comer, de cortar o pau dele e jogá-lo no moedor de carne —, mas, quando tenta conceber a vida sem a mulher, não consegue.

O marido se agarra à sua capacidade de perdoar. Gostaria de aceitá-la como é, para então voltar a ser livre. Mas de novo imagina-a na cama com o outro homem, mãos que não as suas alisando-a, tocando-a nas partes, lambendo-a como um animal lambe suas feridas. Se parar na cadeia, o marido acha que não sobrevive sem a mulher; se não parar, supõe, também não, pois prefere não sobreviver, e se o fizer, aí sim terá se corrompido. Ela embaralhou suas vidas, tanto tempo pensando errado, construindo soluções tão difíceis que agora lhe pareciam totalmente absurdas. "Como ela pôde, meu Deus!, imaginar que dinheiro resolveria tudo? Como *eu* pude?"

Certas áreas de atrito não se gastam, precisam ser desarmadas em sua lógica, num estágio inicial do conflito ou antes mesmo de ele se configurar, caso contrário nenhum dos lados jamais dá sossego ao outro. Agora o homem vê. E acredita que ainda podem, juntos, ultrapassar as circunstâncias. Cada um fiel a seu próprio sonho, desde que a casa esteja limpa, a geladeira cheia, a cama quente, tudo bem, mas em outra vida. Ele quer a convivência pacífica entre os penitentes, cada um cumprindo a sua pena.

O marido a conhece. Ela o conhece muito bem. A mulher sabe que ele viu no seu desespero um lampejo de futuro para o casamento. Até o amante viu, e ficou chocado, embora disso ela não saiba. Por piores que estejam as coisas, a mulher ter decidido acompanhá-lo na mudança é uma decisão que torna superável todo o drama, todo o mal-estar, toda a incompreensão e o ressentimento.

Mas o alarme outra vez grita em sua cabeça: o remédio do tempo não basta. Novamente se conscientiza de que precisa da filha. Então acelera seus esforços, afia o olhar, se debate com decisão no mar de gente, na urgência do momento, flutuando no interior de um elemento estranho, cheio de vida e solidão, jamais interrompido. Faz força, mas é inútil. Pensa na mulher com ressentimento:

"A puta!"

Ele tenta se consolar, pensando que a corrupção dela, a dupla traição — com outro homem, o símbolo encarnado de tudo o que ele mais odiava —, era uma garantia de futura submissão. Ela está mais fraca agora, culpada também, e se deixará levar para longe daquela vida maluca. Tão maluca que o marido, justo ele, tem fama de criminoso e o poder de decidir os rumos da família.

9:30

Em sua quarentena na polícia, a mulher para, pensa e se engana ao acreditar que o amante não cumpriu a ameaça de ir até a rodoviária, não chegou entre oito e nove da manhã, depois de alcançá-la no celular, dando-lhe uma "última chance de desistir" daquela "viagem absurda". O que ela vive é a imaginada decisão do amante de refugar ante a própria ameaça. A mulher supõe que ele não assistiu a sua vida arrebatando-a, e que não soube enxergar dentro dela uma vida anterior, muito mais forte.

O marido, sem perceber, enquanto roda os espaços e as rampas e os corredores, vai retirando da mulher e do amante a autonomia de sentimentos, apagando fronteiras biográficas. Nesse jogo, tem um trunfo que lhe permite transformar as derrotas em oportunidade de autossuperação, por um lado, e, por outro, negar a agressividade generalizada e difusa que predomina entre os jogadores. Esse trunfo é sua profunda capacidade de invocar todas as culpas para si próprio. Trocando a constatação da violência sofrida pela autocrítica, o marido redime do sadismo lúbrico se não o amante, pelo menos a mulher, tornando o mundo um lugar minimamente decente de se viver.

Afinal, ele próprio contribuíra para sua infidelidade. O que mais a mulher poderia fazer?, se era senso comum entre os dois que o coração dele era mais puro que o dela, apesar do corpo grande e bruto que o carrega, apesar de não ter tido uma educação refinada. O marido sempre foi visto como mais generoso, exatamente porque invoca todo o mal para dentro de si e o deixa atuar em seu organismo. Ele, mesmo quando comete atos condenáveis, pensa e age como um purificador da humanidade (assim as algas purificam o mar nas praias da sua cidade natal), e com esse comportamento recorrente, muito mais arraigado dentro dele que as piores mágoas, segurara a mulher todos esses anos. Ela talvez tivesse percebido sua esperteza, afinal.

A mulher, na polícia, presa a sua cadeira, lembra que a insistência do amante em ficar com ela, depois de tomada a decisão da viagem, e sobretudo a loucura de baixar na rodoviária, contradiziam o fato de aquele outro homem antes nunca ter mencionado o desejo de realmente ficar com ela. "Uma fraqueza anterior, não uma contradição", ele explicara. Mas também já o ouvira dizer que todo amor muito forte termina mal. "Então", conclui a mulher, "foi por isso que ele não apareceu."

O marido continua avançando por entre a maré cheia de gente. Quando passa por um casal, percebe nitidamente que o homem é o provedor daquela família e a mulher, a dona da casa, e aquela visão banal confirma sua certeza de que nada é por acidente. Ele reconhece que torcia contra o sucesso profissional da sua cara-metade. Se ela tivesse chegado aonde queria, imaginava, aí sim iria abandoná-lo. Mais cedo ou mais tarde. Frequentaria outros ambientes, enfrentaria novas situações, conheceria outros homens, entraria definitivamente num mundo ao qual ele odiaria pertencer.

O policial que o acompanha descreve a menina desaparecida para uma faxineira do terminal rodoviário. A cara da velha se deforma ainda mais.

O pai imagina como seria tomar parte numa festa de trabalho da mulher, na condição de marido da gerente, da supervisora, da diretora comercial, não mais num barzinho da moda, com os colegas de uma simples vendedora ou subgerente, o que já era ruim o bastante. Precisaria engolir o constrangimento por seu tamanho, por sua falta de modos à mesa, por seu desinteresse ignorante pela conversa.

Tais pensamentos funcionam como pontos de dispersão num radar de amplo alcance, no qual o único sinal propriamente luminoso teima em não reaparecer. São uma interferência contra a qual o pai imagina a filha novamente em seu colo, dormindo abraçada com a boneca — "A boneca! Esqueci a boneca na lanchonete!".

A mulher se mexe na cadeira e lembra que o amante lhe perguntou uma vez: "Qual a lógica de não ter o melhor para você mesma?". Que de fato, como ele dizia, seu casamento fosse uma fuga, e sua família, uma muleta, que ela realmente estivesse tomando o caminho mais cômodo, mais covarde, apesar de se dizer tão ambiciosa, a mulher até podia admitir, mas, mesmo assim, tinha todo o direito de fazer o que quisesse com a própria vida.

O marido, em sua busca, arremessando o olhar na distância movediça, como os pescadores da sua cidade arremessavam as redes no mar, enxerga uma linda menina, mais velha que sua filha e mais jovem que sua esposa, com pernas, bunda e peitos perfeitos. Como seria trepar com outra mulher que não a sua? Já nem lembra. A elegância da esposa atua sobre ele; a cultura superior, claro, também. Ela o intimida, quando seu corpo o expõe ao embaraço da altura exagerada; porém faz com que se julgue um macho privilegiado. A elegância espontânea, no caso da sua mulher, vem somada às estratégias que ela aprendeu e que as roupas e a ciência cosmética ajudam a implementar. A elegância feminina verdadeira, pensa o marido, sobrevive à juventude e compensa a velhice, compensa eventuais superficialidades da idade e do erro. Então, o que é melhor? Perdoar a traição e continuar casado com a mãe de sua filha, com uma mulher que o deixava orgulhoso de si mesmo, ou romper?

Olhando para os peitos, a bunda e as pernas da jovem desconhecida, o homem sente falta antecipada desse orgulho e lamenta o sexo ultimamente morno entre ele e a mulher. Ela havia reclamado, algumas vezes, do seu jeito afobado, dos orgasmos ingênuos, tão incompatíveis com seu tamanho. Enquanto anda, ele pontifica para si mesmo que todo homem, se quiser conservar uma mulher a seu lado, deve sempre fazer com que ela goze primeiro. Ou faz isso, se conseguir, ou está condenado a sofrer o que ele está sofrendo. Precisa entender melhor o corpo diferente do seu, valorizá-lo ainda mais, nunca deixá-lo para depois, e corresponder ao esforços que a mulher faz para se manter atraente, os quais ele próprio não faz em absoluto, comendo muito, não se exercitando, não ligando para as roupas que veste, as marcas no rosto, os fios brancos nos cabelos e a barba por fazer.

Ela, na delegacia, numa das mil vezes em que se levanta da cadeira e vai sem nenhum propósito até a parede de vidro que dá para o vão central da rodoviária, se pergunta novamente o que diferencia os homens. O que faz um valer mais do que o outro? O que faz do homem um bom marido? Vivências compartilhadas? Habilidades? Senso de humor? Cultura? Dinheiro? Força? Experiência? Padrões de conduta? Dotes sexuais? Tipos de sorriso (aberto, autoconfiante, desafiador, convidativo, despreocupado etc.)? A entrega a um destino comum em detrimento de uma concepção individualista da vida? Uma visão romântica? A força de insistir mesmo sendo preterido? Garantias de alguma coisa?

No mundo de hoje, ela pensa, a única zona de compromisso ainda relevante entre um homem e uma mulher é a garantia aos filhos após uma eventual separação, o apoio financeiro e psicológico. A única prova de honradez que ainda se pode exigir, por enquanto, é o amor aos filhos. O resto virou pó.

A mulher fica irritada com o barulho do chaveiro do terceiro policial. Ocorre-lhe então que a filha talvez já tenha se desesperado, sozinha na imensa rodoviária. Recrimina-se por tê-la perdido de vista, mas ainda é uma mulher minimamente prática. Há momentos em que a preocupação faz alguma diferença, outros em que não faria nenhuma. O dilema entre o marido e a permanência na cidade, este sim, cabe a ela resolver.

Em outro ponto da rodoviária, por entre pernas que andam rápidas, a imagem da filha reaparece. No exato instante em que o pai olha e vê, todos os pensamentos que tumultuavam seu espírito um segundo atrás desaparecem. Ele revive a esperança. Está mais perto agora e fixa bem a imagem e a alegria. Quer lembrar daquele momento para sempre. Num canto do chão sujo da rodoviária está a menina querida, abraçada ao gato que a fizera sumir.

Um pressentimento, e ela ergue o rosto. Observado pelo policial que o acompanha, o pai se agacha com afobação, segura e suspende aquele pequeno corpo de criança sem nenhuma força, num movimento antigravitacional. Abraça-a com filhote de gato e tudo entre eles, como se fosse um travesseiro de perfume conhecido, que cede de bom grado à pressão. A menina retribui o carinho, encostando o rosto em seu ombro. Ela descobre com atraso defensivo o perigo que havia corrido. Até aquele momento, ficara apenas semiconsciente da ausência dos pais, permanecendo calma enquanto ninguém aparecia, sentada no chão com o gatinho e esperando ser achada. A menina intui naquele abraço o quanto é significativo o fato de ser o pai a resgatá-la.

"A mãe...", ele pede ao guarda.

O policial, numa volta do braço, puxa da cintura um aparelho qualquer e avisa ao delegado que a menina foi encontrada.

Eles caminham para a sala da polícia, enquanto o pai abraça, beija e cheira o corpo minúsculo da filha.

"Mamãe está morrendo de preocupação", ele diz, em dúvida se deveria mesmo minimizar junto à filha o distanciamento entre ele e a esposa, com uma separação física de grande distância os assombrando e na qual a guarda da filha pode se tornar um ponto de conflito.

Ele e a menina, durante o trajeto, estão juntos de forma diferente e sentem as coisas agora diferentes. Depois do susto, o pai sente-se tão completo e realizado que se pergunta se realmente seus sentimentos são o que imaginava um minuto antes. Qual das duas mulheres da família realmente ama e precisa manter? Por quem se deixa humilhar, por quem assume a culpa que outros muito mais culpados lhe tentam impingir? Se dependesse dele, a louca combinação de ética do trabalho, ganância e aloprada exorcização via progresso tecnológico e consumo, a multiplicação da onipotência humana via ciência de ponta, o apego de todos os que se acham inteligentes a uma ideia de progresso e de superação do bem-estar presente, a louca rotina que a humanidade montou para si mesma, os péssimos valores que, na prática, sustentam a vida contemporânea, a destruição do meio natural, as falsas necessidades, tudo isso iria para a lata de lixo da história, pois tirava a energia do que é realmente preciso para a evolução da espécie. Assim ele intui, sem articular, e não precisa articular para sentir.

No amor, também é em nosso próximo gesto, não em metas futuras, que tudo se decide, ele pensa, e beija a filha. Sente-se abençoado, mais fiel do que nunca.

"Ainda que eu conhecesse todos os mistérios e toda a ciência, e ainda que tivesse toda a fé, de maneira tal que movesse as montanhas, se não tivesse Amor, nada seria. E ainda que distribuísse toda a minha fortuna para sustento dos pobres, e ainda que entregasse o meu corpo para ser queimado, se não tivesse Amor..."

"Posso ficar com ele, papai?", a menina em seu colo pergunta, alisando o filhote de gato, que oferece o alto da cabeça à ação de seus dedos gordinhos.

O pai, sem responder, continua andando:

"Havendo profecias, serão aniquiladas; havendo línguas, cessarão; havendo ciência, desaparecerá; porque em parte conhecemos e em parte profetizamos; mas quando vier o que é perfeito..."

"Posso, papai?"

Dali a quinze minutos o ônibus os levará embora da grande cidade, e os policiais já avisaram à empresa que os três passageiros estão a caminho. Pai e filha, ao chegarem diante da delegacia, são esperados pela mulher, pela mãe. Seu rosto se ilumina ao ver a criança, mas seu corpo não vai até o do marido. Espera que ele bote a filha no chão e que a menina se aproxime. Esta, por prudência, caminha conservando o filhote de gato em seu colo, até que a mãe se agacha e a abraça. A mulher tenta chorar, mas não consegue, apesar do alívio por vê-la salva e novamente protegida. Então, olhando-a melhor, arruma o cabelo caído no rosto e torce o nariz para o filhote de gato.

Com gentileza, a mãe repreende a menina, exigindo que nunca mais saia de perto deles em lugares assim. A filha ameaça chorar. Os guardas olham, admirados com a transformação pela qual aquela mulher passou nos últimos quarenta minutos; daquilo que eles entendem apenas como um surto de maternidade radical, no choro transtornado pelo sumiço da filha, para uma pessoa firme, cujas demonstrações de carinho e de reprovação parecem igualmente coreografadas.

"Desculpa, mamãe."

Uma vez solta, a menina reaproxima-se do pai, ficando junto a suas pernas. A mãe então se ergue e olha para o marido. Ele olha para o bicho no colo da criança com apreensão, e a mulher o encara no ato. Não acredita que tenha podido, num momento desses, se deixar levar pelo pieguismo e autorizar a entrada de um gato fedorento em suas vidas.

O marido retribui aquele olhar de reprimenda com outro, mais enfastiado que defensivo. Cansou da cobrança por um temperamento disciplinador que ele nunca teve. Se aceitasse a incumbência seria, claro, em nome do projeto de reconstruir a vida com a mulher e a filha, porém de repente ele não sabe mais se faz tanta questão de manter aquela vida de casal, eternamente em desacordo.

Um homem, ele imagina, pode ser um sábio sem reconhecimento, pode ser um ótimo pai, amante e companheiro, pode ser um grande profissional, um grande homem, enfim, sem outras recompensas que não o afeto de quem o ama. Se as pessoas em geral não sabem, não significa que deixe de ser tudo isso, significa?

O marido se conhece e percebe que mais uma vez não vai falar ou agir como a mulher gostaria. Por ele a filha levará esse gato no ônibus nem que tenha de moer o motorista de pancada e quem mais ousar impor qualquer impedimento burocrático-sanitário à felicidade da menina. Nem pela mulher; subitamente ele percebe que nem por ela aceitará privar a menina de algum consolo.

A mulher olha para ele, esperando que se decida. O delegado e o assistente examinam o casal com interesse, percebendo que há algo no ar, tentando entender o que é. Os lábios da mãe espremem as palavras:

"Bicho de rua tem doença, filha."

Dizendo isso, ela tira o gato dos braços da menina, que cai num choro instantâneo, cortando o coração do pai e o da mãe. A criança implora para ter o gato de volta, com o corpo imóvel, sacudido apenas pelos soluços, a voz e a respiração engasgadas. A mãe não o devolve, mas também não consegue soltá-lo no chão, enxotando-o de vez. O policial com o chaveiro e o juiz de menores trazem as malas, esquecidas na sala infecta onde trabalham, e avisam que o ônibus está esperando. Feito isto, os quatro homens da lei se afastam.

"Quando a gente chegar na casa nova, a gente vê se compra um", a mãe promete, por sobre o choro da criança, tentando adiar o problema para quando todos na família estiverem mais calmos e o equilíbrio de forças entre eles estiver recomposto. Mas a frase não faz sentido nem para ela; a casa para onde iam não era nova. Sua verdadeira casa estava bem mais perto, vazia, abandonada, uma cicatriz toda branca. Não era preciso passagem de ônibus, horas de espera ou rodovia para se chegar lá. Ou, por outra, a mulher sente que sua verdadeira casa era uma que nunca chegou a conhecer.

Ela está sufocada num presente quase enlouquecedor, em que o choro é a trilha sonora. Não só o choro da menina, o dela própria, escondido. Por qual motivo aceitaria um bicho dando trabalho, estragando os móveis, exigindo idas inesperadas ao supermercado atrás de ração, carne moída, sardinhas e areia para suas necessidades — o que invariavelmente significaria botar as necessidades do gato acima das dela — e acordando-a durante a noite, clandestino em sua cama, lambendo as partes em seu travesseiro, para não falar dos miados fora de hora, madrugadas adentro, dos cios escatológicos e descontrolados que atrairia, da rinite que provocaria, a coriza enervante, anti-higiênica?

"Mamãe tem alergia, filha."

Mas a menina continua chorando, e estica os braços para receber o gato da mãe, que a olha sem acreditar. O bicho agora também esperneia.

Do nada, com um gesto intencionalmente brusco, a mão imensa do pai se estende e toma o gato da esposa antes que ela o perca para sempre na rodoviária. Em seguida, devolve-o aos braços ansiosos e ao peito imediatamente pacificado da menina. O animal também se aquieta em seu colo.

A mulher não esperava tal atitude. Talvez tivesse começado logo a reagir, se ele, depois de olhar o relógio, não abaixasse para pegar a sua mala e a da filha e tomasse o rumo da plataforma de embarque. A mala da esposa fica no chão.

"Vem, filha", ele diz.

A menina, olhando para a mãe, aperta mais o gato em seus braços e espera que ela faça algum gesto. Sua voz doce acaricia o filhote. O pai chama-a outra vez:

"Vamos."

Ele e a menina caminham. A mãe hesita por um instante, então apanha sua mala e sai andando mecanicamente atrás. Ficam todos em silêncio. A menina olha para a mãe a cada passo, mas se agarra exclusivamente ao filhote e caminha ao lado do pai. A mãe observa o jeito como ela aninha o gato em seu colo e a postura decidida do marido.

Ele pensa na mulher e tenta entender por que ela o está seguindo, o que ainda estão fazendo juntos. Nunca a pergunta lhe chegara tão descarnada.

Sua vida agora irá mudar por completo, aproximando-o de seus verdadeiros desejos e necessidades. A volta ao passado não é um castigo pelo seu erro, mas sim o resultado de um processo que só podia terminar desse jeito. Então por que ainda insiste em perpetuar a tensão com a mulher?

Ele se lembra do parto da filha, num tempo em que ainda tinham esperança de conciliar as diferenças. Ou melhor: lembra-se do tempo em que desejava ver o mundo pelos olhos da mulher. Lembra-se de que foi feliz, e de que a amou como nunca amara mais ninguém. Procura dentro de si um rastro daquele sentimento puro, mas logo é atingido por uma sentença fulminante, que o lembra, num estalo, do gato, da discórdia crônica, da traição, do sofrimento da filha.

Olhando para a menina, ele sente com profundidade cada gesto e respiração, tomado por um arrebatamento que seria piegas se não fosse a única coisa saudável em sua vida no momento. Percebe que sem a menina não aguentará nenhuma solução. Os riscos de uma vida nova incidem sobretudo nela. E ele se considera mais capaz de ajudá-la, muito mais do que a mãe.

Na outra ponta da rodovia está a paz das mínimas necessidades, a atenção que ele pensa ser capaz de dar à filha dali em diante, e a chance de sua filha crescer imune aos males da vida chamada moderna. Será que ainda há tempo, antes que a menina cresça e parta para viver a *sua* vida? Talvez logo ela se desinteresse da companhia paterna e fique voltada exclusivamente para as amigas do colégio, para os namorados. O pai não quer esperar acontecer e se lamentar depois. Ele olha para a filha de novo. Prefere mudar já, aproveitar o que for possível. Logo será um velho.

Enquanto anda, em silêncio, seguido por duas mulheres e um gato, pensa na mãe e no pai que, ansiosos por sua chegada, estão prontos para lhe abrir os braços. Mesmo o pai açougueiro, o disciplinador da casa, soube entender seu erro, que apenas os insensíveis chamam de crime. O comércio de carne entre abatedouros e açougues e as guias de recolhimento de ICMS nem sempre andam juntos, para não falar dos desencontros entre os atravessadores e os blocos de notas, e o pai é um homem maduro, que nunca foi pego em nenhuma contravenção, ou se o foi havia sido em um nível menor, no qual pôde simplesmente molhar a mão de um fiscal e sair limpo. Por isso o velho não estranha que seu filho, a quem ele conhece muito bem e sabe ser um homem bom, sem a cabeça e o temperamento para agir por mal, tenha tentado um golpe que acabou se revelando grande demais; estando agora envolvido numa guerra entre corruptos maiores e desmoralizado, respondendo a processos e privado de seus rendimentos. O velho pai entende seus planos de uma vida nova e purificadora. Admira a força moral do filho, ao confessar o erro cometido. E sua mãe certamente o abraçará também, com aquele amor que não pensa e que continua se declarando mesmo quando não pode ser escutado.

O marido e a mulher alcançam as escadas que levam de volta ao saguão defronte das plataformas de embarque. Descem para o meio da multidão. Centenas de pessoas apressadas, repartidas e fugazes como impulsos elétricos. Mil pessoas zumbindo em grande escala, um zumbido surdo que ecoa por toda a imensa estrutura de concreto e reverbera nos ouvidos daquela família, como se fizesse parte de um enxame de marimbondos ferozes em pleno voo, que avançam e devoram tudo por onde passam, conscientes de seu poder de destruição.

O marido sente-se naquele lugar muito distante que viu no telejornal da lanchonete, onde os aviões e as bombas da guerra mais tecnológica devastam cidades inteiras e a toda a população resta apenas se esconder como ratos em buracos e cavernas ou simplesmente ir embora abandonando tudo, deixando cada pertence móvel e imóvel para o nada, para o vazio de um lugar sem pai nem mãe. Ele se imagina numa dessas fugas desesperadas; uma alma alucinada a mais.

A mulher também olha para aquela massa de gente, sentindo-se mergulhar num lamaçal de anonimato e sofrimento, num mangue cheio de vidas infames, ariscos subprodutos da natureza. Ela sente sua vida encoberta por uma areia movediça. Sua espinha parece quebrada, afinal. À medida que avança, contudo, junto às descargas de adrenalina, uma vontade secreta vai explodindo em sua cabeça, indescritível mas que sabe estar lá desde o início do escândalo e vem abafando desde que fora tomada a decisão de sair da cidade. Ela vem martelando sua ambição em brasa, para amoldá-la ao compromisso familiar. Mas a força de seus golpes agora dão um coice.

As épocas mutilam certas vocações transmitidas de mãe para filha, e se antes resistir de qualquer jeito a essa mutilação era possível, ou pelo menos plausível, agora toda a fragilidade e insuficiência de seu esforço são reveladas. Nada na cidade de onde veio e onde nasceu mantinha de pé o sonho de um novo matriarcado. Sua família de origem não era a mesma; sua mãe, mais velha e menos poderosa, também não. Desde adolescente sabia que jamais teria tanta consistência quanto a mãe tivera, que nunca seria tão constante em sua força e poder de controlar as pessoas e a si mesma. Tentou, com o maior sacrifício, provar que uma mulher, para ser forte nos dias de hoje, precisa ser igual ao que sua mãe foi. Mas não dá; outros tempos pedem outras formas de vida. Como seria uma nova versão daquela mulher? Jamais descobriria se ocupasse o lugar que lhe estava reservado no ônibus.

Naquele exato momento, ela percebe que chegou ao limite. Mesmo que isso signifique sacrificar sua convivência com a filha, precisa reagir contra sua racionalidade e se entregar aos sentimentos. Esse é, afinal, o grande desafio de sua vida, se permitir ficar sem controle das situações. Sua fraqueza está em querer ser sempre forte, e não pode mais ser assim.

A sua volta ninguém mais a vê como tão concentrada, até o marido antes submisso agora se julga capaz de conduzi-la para longe do seu caminho natural. Dentro dela morreu a esperança de ser forte, nobre e digna exatamente como a mãe; mas surgiu uma nova esperança. Havia outros jeitos de ser tudo isso.

É melhor admitir que justo a sua vida, de uma mulher supostamente controladora e determinada, que sempre tentou obedecer a cálculos e pensamentos racionais, aconteceu de ser definida nos momentos em que todo esse controle, essa competência e essa capacidade de ação falharam ou foram vencidos. A escolha do marido, o nascimento da filha, as fraquezas e lágrimas eram uma coisa só: a vida exigindo que fosse diferente do que era. Como ser para a filha o modelo de firmeza que a mãe, a seu modo, de acordo com o seu tempo, havia sido para ela? Como sê-lo e ao mesmo tempo não reprimir ainda mais a personalidade da menina?

A mulher admite que jamais se libertou da confusão entre a força da mãe, a sua e os respectivos papéis que por serem fortes elas precisavam desempenhar. Por fora, caso não se revoltasse, morreria agindo assim. Ela e a mãe só desejam uma coisa, respeito, mas a vida é sempre outra.

Sua filha, atrás das pernas do pai, anda sem olhar para ela, avançando unicamente no espaço que o corpo dele abre a sua frente, absorvida pelo filhote de gato.

"A bondade óbvia é uma espécie de autismo", a mulher pensa com dor, lamentando a sorte da menina e o destino do marido.

Chegando à beira da plataforma, marido e mulher olham para as grades altas que os separam das plataformas de embarque. Ambos sentem-se presos desse lado, mas, para ele, existe uma promessa de liberdade do lado de lá.

O marido, a mulher e a filha atravessam as grades rigidamente fincadas no chão, que isolam aqueles que vão viajar. A calçada na área de embarque, com seus recortes diagonais e paralelos onde os ônibus se encaixam para estacionar, parece uma boca desdentada, cuja mordida torta crava seus dentes no cotidiano das pessoas, arrancando-as do chão e levando-as embora.

Os funcionários das companhias abrem as barrigas dos mamutes metálicos, jogando lá dentro as bagagens dos passageiros que se aglomeram em volta. Os motoristas postam-se solenemente junto às portas de dobradiça pneumática, que fecham os veículos a vácuo, e verificam os bilhetes e as identidades dos passageiros que admitem dentro dos ônibus.

De longe, do alto, a rodoviária é uma fábrica, uma usina que produz certa energia jamais inteiramente dominada, uma centrífuga hiperacelerada. Escolher o destino de uma viagem, a empresa em que se viajará, o número da poltrona são decisões que podem até enganar o indivíduo com impressões de autodeterminação. É uma ilusão revelada apenas em perspectiva. O destino faz funcionar a rodoviária, grande misturadora, que trabalha num processo de várias fases; uma imensa máquina de muitas seções, rampas, escadarias e acessos, distribuidora e gerenciadora, que solta fumaça dia e noite.

O marido e a mulher procuram, no lote de plataformas da companhia, o número indicado nas passagens. Uma das mãos da mulher desliza por seu pescoço esguio. A boca está seca, as paredes da garganta parecem grudar.

O ônibus está na pista, cresce diante deles em proporções multidimensionais. A mulher suspira. Sua cabeça dói, seus olhos se afundam nas cavidades. A jaula é analisada em cada milímetro, em cada mínima aresta possível. Mas não há fuga que possa ser feita desse jeito, por um canto, por uma brecha; não nesse caso.

Marido e mulher trocam olhares. Ele instintivamente cola a filha ao seu corpo, para dar passagem a outro retardatário que chega carregado, mas não só. A mulher sabe. E a filha aceita.

"Mamãe, posso ficar?", a filha pergunta, fazendo um gesto e indicando o filhote de gato, mas sem afastá-lo de seu peito. Gostaria que a mãe, dessa vez, sentisse a mesma atração que ela sente emanar do e para o pequeno animal.

Ele e a mãe respondem juntos: "Pode". Trocam um olhar significativo, pois sabem o que estão dizendo.

A menina sorri e aperta ainda mais o filhote em seus braços, sussurrando-lhe promessas de carinho. Numa felicidade incomum, ela se afasta um pouco dos pais, tendo em seus braços o gato de barriga para cima. Expondo-lhe o ventre exageradamente grande, com vermes prováveis, fala com ele cara a cara e encosta a ponta do nariz no focinho morno, crivado de finos pelos espetados.

"Você fica?", o marido pergunta, com segurança.

A mulher responde afirmativamente, balançando a cabeça. Uma lágrima escorre em seu rosto. Ela achou por onde começará a refazer sua autoimagem.

A mulher enxuga os olhos e, com a mão em arco, desliza os cabelos para trás e usa os óculos escuros para prendê-los. Ela deixou de acreditar no marido, deixou de acreditar que precisa dele. Ele também está feliz em terminar o casamento. É bom para o seu amor-próprio.

"Eu fico com ela", ele diz, referindo-se à menina.

A mulher assente com a cabeça outra vez, olhando para a filha. Então se agacha, com as costas retas, o rosto erguido, e chama a menina para junto do seu corpo com os braços meio abertos, os dedos de ambas as mãos num movimento receptivo.

A primeira reação da filha é quase um recuo, talvez sem mesmo se mexer, mas num gesto de encolhimento interior, perceptível e doloroso para o pai e a mãe. Um crime aquilo acontecer, nisso os dois adultos concordam, um crime do qual ambos eram culpados igualmente.

A menina então dá o número de passos necessário para se aproximar. A mãe a segura suavemente, olha em seus olhos. A filha tem medo, pois julga que a mãe está com raiva dela, por causa do filhote de gato.

"Você não vai, mamãe?"

A mulher balança a cabeça pela terceira vez, agora negativamente. E aperta a filha em seus braços.

"Eu venho te visitar", diz a menina.

A mãe confirma com a cabeça, e chora mais. As duas se abraçam de novo, com o filhote de gato entre seus corpos. As lágrimas da mulher se alongam e a dor da separação avança por dentro dela. Sua velha mãe está finalmente morta como modelo, mesmo antes de o coração nobre e autoritário parar de bater. Entre a mulher e sua filha, naquele instante específico, reluz um outro sistema, um brilho diferente entre as gerações de mulheres da família. Ela sente vontade de começar tudo de novo, de enfiar a criança por dentro de seu corpo e senti-la em sua barriga, crescendo a partir do fundo de sua pélvis e se espalhando atrás da cintura, até chegar à caixa torácica e preencher o espaço entre suas costelas.

Ao final do abraço, está na hora da viagem. A mãe se levanta, tentando conter as lágrimas. A filha volta a se concentrar no filhote de gato. O pai faz projeções instantâneas sobre como as duas mulheres irão se relacionar dali a dez, quinze, vinte anos. Está impactado pela constatação de que o fim da família significará também o fim do convívio.

E agora, pronto: nada a dizer. Mil decisões práticas a tomar, mas nada que possa ser feito já. Ele tem a filha e conseguiu reencontrar o caminho natural. Quanto precisasse pagar perante a lei, pagaria, cumprir, cumpriria, mas sabe que logo recomeçará a viver sem tanta pressão, como é a vida que desejaria para todos, mas de que quase ninguém gosta, por algum motivo estúpido ao qual por sorte ele não se atém.

O carregador da companhia fecha a barriga do ônibus, com todas as malas lá dentro, e assim esconde as estruturas que mantêm de pé a imensidão aerodinâmica. Os pneus são mais altos que a menina, e muito mais duros que o mais duro osso de seu filhote de gato. Em troca das malas o pai recebeu dois canhotos que não pode perder, se quiser recuperar minimamente o passado.

"Eu te ligo", a mulher diz, e o homem responde que sim. Tudo vai se resolver a contento, os dois pensam, tudo menos o afastamento entre ela e a filha, mas é melhor assim. O pai conduz a menina para a fila de entrada no ônibus, que termina com o motorista destacando os seus controles e devolvendo os picotes que lhes cabem das passagens. O homem e a mulher se beijam no rosto e se abraçam em seguida, com força, numa despedida carinhosa, afinal.

A mãe se agacha, abraça e beija a filha pela última vez. A menina não larga o filhote de gato, porém não resiste mais ao carinho da mãe.

O pai e a filha entram no ônibus.

Minutos depois, o imenso retângulo motorizado manobra, com seus pneus gigantes em movimento. A menina leva o gato no colo, mas está com o rosto grudado na janela e acenando para a mãe na plataforma. A mulher só para de acenar quando o ônibus faz a curva e deixa a rodoviária.

O pai olha a menina, aliviado. Dos seus amigos e parentes na antiga cidade, ele tem certeza, conseguirá reconquistar o respeito e a confiança. Pela filha, fará o impossível. Terminando de se despedir, a menina joga o cabelo para trás, num gesto idêntico ao da mãe e da avó.

ESTA OBRA FOI COMPOSTA PELO GRUPO DE CRIAÇÃO EM ELECTRA E
IMPRESSA PELA RR DONNELLEY EM OFSETE SOBRE PAPEL PÓLEN SOFT
DA SUZANO PAPEL E CELULOSE PARA A EDITORA SCHWARCZ
EM MARÇO DE 2018

A marca FSC® é a garantia de que a madeira utilizada na fabricação do papel deste livro provém de florestas que foram gerenciadas de maneira ambientalmente correta, socialmente justa e economicamente viável, além de outras fontes de origem controlada.